Márcia Paschoallin

Analice

e o enigma das chaves

Literare Books
INTERNATIONAL
BRASIL · EUROPA · USA · JAPÃO

PRESIDENTE
Mauricio Sita

VICE-PRESIDENTE
Alessandra Ksenhuck

DIRETORA EXECUTIVA
Julyana Rosa

DIRETORA DE PROJETOS
Gleide Santos

RELACIONAMENTO COM O CLIENTE
Claudia Pires

EDITOR
Enrico Giglio de Oliveira

EDITOR JÚNIOR
Luis Gustavo da Silva Barboza

REVISORES
Ivani Rezende

CAPA E DESIGN EDITORIAL
Lucas Yamauchi

IMPRESSÃO
Gráfica Paym

Dados Internacionais de Catalogação na Publicação (CIP)
(eDOC BRASIL, Belo Horizonte/MG)

Paschoalin, Márcia.
P279a Analice e o enigma das chaves / Márcia Paschoalin. – São Paulo, SP: Literare Books International, 2023.
184 p. : 14 x 21 cm

ISBN 978-65-5922-516-3

1. Ficção brasileira. 2. Literatura infantojuvenil. I. Título.
CDD 028.5

Elaborado por Maurício Amormino Júnior – CRB6/2422

LITERARE BOOKS INTERNATIONAL LTDA.
Alameda dos Guatás, 102
Saúde- São Paulo, SP.
CEP 04053-040
+55 11 2659-0968 | www.literarebooks.com.br
contato@literarebooks.com.br

SUMÁRIO

Este livro é dedicado ao autor Ganymédes José, vencedor do Prêmio Jabuti de literatura infantil em 1985.

Agradecimentos

Obrigada a vocês, James McSill, Norival Antonio do Prado, Maurício Sita, Verônica Melo, dra. Genivalda Cravo, Ricardo Melo, Carolina Vila Nova, Márcia Luz, Rita Miranda, Roberto Carlos e Tonico.

Prefácio

Jovem leitor querido,

Esta é uma cartinha para ti. Tenho 66 anos. Na época em que eu tinha a sua idade e, como tu, adorava literatura infantojuvenil, a gente escrevia as cartas à caneta, a lápis e raramente à máquina (de escrever), pois ninguém gostava de receber cartas que não fossem à mão.

Mas por forças das circunstâncias, esta cartinha vai em letra "de máquina". Escrevo-a aqui da Escócia — sim, deste pequeno país onde nasceram sucessos como *Harry Potter, Peter Pan, Sherlock Holmes* e tantos outros. Escrevo-a com o propósito de lhe apresentar a minha amiga, Márcia Paschoallin, que escreveu este livro que lerá agora — ou que já deve tê-lo lido e, agora, deseja descobrir mais sobre quem o escreveu (como eu fazia na minha juventude).

Pois bem, a Márcia já havia escrito muita coisa quando nos encontramos. Porém, como trabalho com escritores ajudando-os a sempre que possível contarem e escreverem uma história que já seria interessante, mas tornando-a mais interessante ainda, assim veio a Márcia parar na minha vida.

Por que fico feliz que tenha em mãos esta história da Márcia (que não vou comentar para evitar um *spoiler* para ti que ainda lerá)? Aqui vou lhe dizer!

Se já leu algo dela, entende o que é uma boa história. Ouso dizer, FASCINANTE. Se ainda não leu, saiba que vai amar a história, que tem um ritmo pensado a cada linha para ser lido por jovens; tem um vocabulário adequado, nada de ficar parando a história e buscando palavras no dicionário – eu me recusava a buscar palavras em dicionários. Se eu não compreendesse a história ou nela me perdesse, devolvia o livro à biblioteca (na Escócia, sempre houve muitas bibliotecas) ou emprestava para alguém.

Nós cuidamos, a Márcia como a genial autora e eu como o humilde auxiliar, para que esta obra ostentasse uma boa escrita. Ostentar uma boa escrita é quando o leitor encontra uma voz que é distinta, individual e apropriada, um jeito de "ouvir" a história como se o autor estivesse ao seu lado. O personagem, que é "de mentirinha", encontra um humano de verdade para compartilhar com ele, "o humano leitor", algumas partes importantes das suas experiências de vida, ideias, pensamentos e aventuras. Uma boa escrita vai direto ao coração, toca o leitor. Ou seja, fica dentro do leitor por um tempo ou até para sempre.

Desfrute dessa instigante história que tem menina, gatinho e magia (opa! Já ia dar *spoiler*). Paro por aqui! A boa escrita diz algo que o leitor experimenta como novo; uma boa escrita agrega valor; uma boa escrita faz o leitor querer ler mais. Isso basta nesta cartinha.

Enfim, eu me senti mais rico ao ler, e tu? Como se sentiu? O que achou da Márcia? Como acha que vai se sentir depois de ler, se ainda não leu?

Se desejar, diga-me. O meu Instagram é @jamesmcsill e vou adorar falar contigo. Às vezes, estou aqui na Escócia, outras vezes, em Portugal. Mas é tudo tão pertinho. Coloque meu nome no Google para descobrir mais sobre a minha profissão nos últimos 48 anos!

Beijos,

James

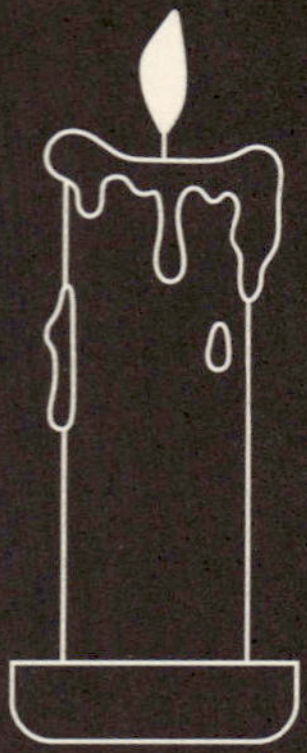

Capítulo I

A pancada no rosto foi inesperada.

Sisí soltou um grito pavoroso de dor. Tudo a sua volta escureceu. Por um instante, viu a morte andando em sua direção, arrastando as longas vestes pelo chão e segurando uma foice na mão escura e seca. Os dedos das mãos trêmulas tatearam cada pedacinho do próprio rosto em busca do terrível estrago.

Ah, não, será que as bolhas furaram?, olhou as mãos à procura de sangue.

Demorou um tempo para fazer o coração descer para o lugar dele até perceber que o pior não tinha acontecido.

— Tá maluca? — gritou Sisí, enquanto pescoçava para ver o escritório pela gretinha da porta, mas, por mais que se esforçasse, só dava para ver uma ponta da escrivaninha.

Yunet parecia pedir desculpas em mianês.

— Tá bem, desculpada! Mas não repita isso, ouviu?

Quase deu ruim! Tinha consciência do perigo de perder todo o sangue, caso as bolhas furassem.

Segurou a gatinha no colo e fez um carinho atrás das orelhas peludas dela. Ajeitou a coleira e a placa de identificação. Depois, encostou-se na porta de madeira escura do escritório e empurrou-a de vez com o ombro.

Ô-ou, não dá pra ver nada aqui, o pânico quis dar as caras; velho conhecido nos constantes castigos em quarto escuro. Quase parou de respirar. Esticou o braço o tanto que pôde para encontrar o interruptor. Apertou-o. Escutou o tlec. Entrou desconfiada e apreensiva. Um punho apertou-lhe o peito, já dolorido por conta do ataque da Yunet.

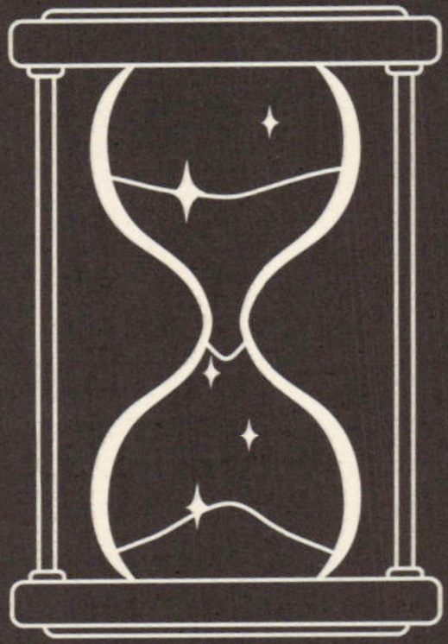

Capítulo II

Quando o pai esquecia, sem querer, claro, algum projeto em cima da escrivaninha, ele era capaz de atropelar um rinoceronte para catar os papéis, chaves e trancar tudo no cofre-cinza, atrás da escada em caracol, antes que alguém os visse. E esse alguém tinha nome.

Naquele dia, pela primeira vez, Sisí criou coragem e perguntou o motivo do esconde-esconde.

— Não te interessa — a resposta saiu dentre os dentes.

— Na boa, pai, por que não posso ver as chaves encomendadas por aquele homem esquisito? Engraçado, já saquei que ele aparece aqui na loja sempre no mesmo dia do mês! Vocês devem ter muito assunto pra conversar, pois, quando ele vem, mofam trancados aqui no escritório — plugou o celular na tomada, presente da diretora da escola, dona Ahniar Etitrefen, chamada pelos alunos de tia Eti, por conta do nome, talvez estrangeiro.

O celular deu sinal de notificação de mensagem.

Arrastou o dedo pela tela e abriu o Whatsapp. Tinha acabado de receber o link do vídeo enviado pela tia Eti, Plantas curam!

Vai ver, a tia natureba descobriu um remédio pra tratar estas horríveis bolhas no meu rosto e mãos.

Ela vive receitando chazinhos de planta para os alunos e professores. Inclusive, na sala da diretoria, as prateleiras estão sempre entupidas de vasos coloridos, cheios de flores cheirosas! Isso sem contar com os potes de violetas colocados na beiradinha da janela que dá para o jardim da escola. De lá, já assisti o que parecia ser altos papos entre ela e as plantas. Parece meio doidinha, mas é gente boa demais.

Só por causa disso, a minha turma tem ranço dela, tadinha! Eu não entro na vibe deles, pois ela é super-hiper-mega-legal comigo. Além de me dar um celular, coloca crédito toda semana pra que eu participe do grupo do whatsapp da turma. Sempre me chama na sala dela e pergunta se tá tudo legal comigo. Depois da conversa, vem o presente: mais um dos trocentos vasinhos de flor tirados da prateleira. O que ela não sabe é que eles acabam no lixo aqui de casa, jogados fora pelo meu pai. Morro de vergonha de contar o que acontece, pois ela vive falando na escola que o verde é nosso amigo e blá-blá-blá... Bem, mais tarde abro o vídeo no meu quarto.

Capítulo III

Olin rodava para lá e para cá o girador do cofre-cinza.

— Pai, desde pequena — insistiu mostrando-lhe a medida em dedinhos da mão —, o esquisito me dá uma bala de menta tão gostosa... mas nem por isso ele deixa de ser esquisito... — Deu uma risadinha.

— Ele não é esquisito e tem nome — rosnou Olin.

— Fala sério, hein, pai, ô nomezinho feio?! Notaneka... Parece caneca! A mãe dele deve ter surtado quando escolheu, só pode! — Desta vez, deu um risinho.

— Quantas vezes preciso repetir: não gosto que me chame de pai, ô, coisa? — Ele parecia tiltado.

— Ué, vou chamar de quê, então? — Fez um movimento com a boca que significava uma cruza entre raiva e surpresa.

— OLIN, entendeu? O-L-I-N! Quanto ao senhor Notaneka — continuou sem olhar para ela — pelo amor dos deuses! Até hoje você não sabe que ele é o mais antigo cliente do Oráculo das Chaves? Ah, me poupe! Vai ver se eu estou na esquina, vai...? — Afastou-se do cofre-cinza, agora trancadinho da Silva.

Normalmente, o pai reagia assim. Conversar com ele era o mesmo que conversar com uma parede, um poste de luz ou um balde. Sisí sabia que corria o risco de ser trancada no quarto escuro até quando ele bem entendesse, caso continuasse a dar uma de detetive em investigação.

— Olin, por que ele anda com aquela chave pendurada nas costas?

Dava para ouvir mosquitos voando no escritório.

— Pra que ele faz tantas chaves, hein? Ele é porteiro, é? Então, você bem que podia me deixar ver, pois quero aprender a fazê-las! Posso te ajudar, que tal?

— Cale a boca, ô coisa! Que merda! — explodiu Olin. — Por acaso, engoliu um papagaio? Cruz-credo em você, menina chata! Simples assim: porque não estou disposto a lhe contar, mostrar ou ensinar nada. Aliás, só deixei você ir à escola porque a vizinhança tem a língua maior que a boca. Denunciaram às autoridades que neste endereço havia uma criança sem estudar. Gentinha sem serviço! Deveriam cuidar da própria vida... Ah se eu soubesse quem...

— Mas eu adoro estudar, pai... é... Olin! E minhas notas são *top*! Mas você nem olha o meu boletim...

— Olhar para quê? Não estou nem um pingo interessado em notas de escola, sua inútil.

— Nossa, pai, tô bolada, sabia? Você não me dá uma força com os deveres... Não vai às reuniões da escola... Não assina os bilhetes e nem o boletim... Não posso usar o seu computador...

— Tenho coisas mais importantes para me preocupar. E ponto final — Olin quis encerrar a pendenga.

— Pô, Olin, parece que você nem liga pra mim! Tipo assim: minha calça do uniforme tá pega-frango, olha! É a mesma desde o quarto ano. Poxa, eu cresci...

— Tenho certeza de que as meninas da sala correm de mim por nojo das minhas bolhas e por não quererem pagar o mico de ter uma colega que usa o uniforme mais ridículo do mundo.

— Quer saber a verdade? Elas correm de você por causa do seu cheiro fedido. Nem parece que toma banho...

— Claro que tomo! — disse aborrecida.

Gosto de banho sim, mas cismo que tem alguém me vigiando do lado de fora da janela do banheiro.

Aproveitou a oportunidade para falar de um assunto íntimo e delicado.

— Ah, o mico é ainda maior quando tenho que passar pelos meninos parados à porta da sala de aula. Não aguento mais a gritaria: olha os limõezinhos dela. Tipo assim: todas as meninas da sala já usam sutiã... Ow, você poderia comprar um pra mim...?! — pediu envergonhada.

Olin enrugou a testa e fez um movimento com a cabeça que significava um baita não.

Ela tirou o celular da tomada do escritório, antes colocado para carregar, enfiou-o no bolso traseiro da calça do uniforme e caminhou em direção ao pai, acompanhada de Yunet. Ele praticamente se teletransportou. Parecia não querer aproximação, talvez pelo medo de pegar a terrível doença que provocara as bolhas incuráveis, afinal, ele nunca a levou ao médico, apesar da pilha de bilhetinhos da escola recomendando uma consulta. Naquele momento, a escrivaninha parecia uma muralha entre países inimigos.

Após instantes, ela tocou em outro assunto.

— Olin, você me disse que, quando eu fosse uma mocinha, ganharia de presente o anel de minha mãe, símbolo da nossa família, lembra-se? Tchan-tchan! Faço 13... amanhã!

— Eu disse isso para você parar de pedir as bugigangas da sua mãe, ô coisa! Haja paciência! Foi passado nos cobres há séculos. Melhor você esquecer sua mãe e as coisas dela. Ela está morta, entendeu? E, você...

— Caramba, não acredito! Por que você vendeu o anel, pai? — Engoliu em seco. — Ganhá-lo sempre foi o meu grande sonho. Ele me pertence, é meu! Que ódio! — berrou, batendo as duas mãos no peito e as lágrimas já pingando. Teve vontade de voar nele, descarregar toda a raiva que sentia naquele momento e as guardadas também.

Yunet assustou-se e pulou para debaixo da escrivaninha, mas ainda dava para ouvir o chiado asmático dela.

Olin continuou fazendo o papel de parede, talvez para encerrar o assunto.

Em câmera lenta, Sisí buscou a porta. Parou. Virou-se.

— Na boa, Olin, nada a ver mesmo te chamar de... pai.

— Cala a boca, menina idiota!

— Cala boca já morreu... quem manda na minha boca sou eu! — reagiu com muita raiva.

Ele fechou os punhos. Pela cara, parecia uma panela de pressão pronta para explodir.

Nisso, Yunet passou se esfregando na perna da sua dona. Em seguida, pulou em cima do cofre-cinza e iniciou o banho de língua.

Sisí sempre quis estar no lugar de Yunet ao observar a tamanha esperteza dela, pois sempre dava um jeitinho de ficar no escritório do pai, dorminhocando por lá, talvez vendo e ouvindo segredos cabeludos.

Certa vez, espiou pelo buraco da fechadura. Teve a sensação de alguém a olhar do outro lado também. Quase caiu para trás ao receber um sopro inesperado no olho. Teve muito medo de ser descoberta e nunca mais se atreveu a repetir a doidice. Mas sempre desejava que gatos falassem.

Antes de sair do escritório...

— Você pode me contar coisas sobre o anel, já que nunca mais ele será meu? Ele é de ouro ou de prata? Tem pedrinhas? De que cor?

Ele deu as costas.

— Por que você nunca fala da minha mãe... das chaves?!

Continuou ouvindo mosquitos no escritório.

Não conseguiu tirar um "a" do pai sobre a mãe e as misteriosas chaves para o Sr. Notaneka.

Virou-se em direção à porta. Arrastou-se deixando riscas pretas da sola de borracha do tênis no piso do escritório até o balcão do Oráculo das Chaves. Apoiou os cotovelos sobre o móvel e descansou o queixo sobre as mãos cruzadas. Fungou. Olhou para o vazio.

— *cocofacoagora?* — Sempre falava isso quando não sabia o que fazer.

Do outro lado do balcão, uma coisa se mexeu.

Capítulo IV

Sisí esfregou os olhos embaçados.

— Dou-lhe uma moeda de ouro pelo seu pensamento! Assustei-a?

— E-e-eu me...

Ao se deparar com o homem, pensou: "Que saco ter que aguentar este esquisito. Logo agora que tô na *bad*"

— Já está uma mocinha, hein, Analice?! Até outro dia, você engatinhava pela loja atrás de Yunet.

Ela percebeu as bochechas queimarem de impaciência. Não estava nem um pingo a fim de ouvir aquele blá-blá-blá...

— Quantos anos você tem? — quis saber o Sr. Notaneka.

Ô vontade de socar a cara dele! Fica caladinho,canequinha, fica, por favor?!

— Faço 13 anos. — Fingiu estar tudo bem.

— Você é muito bonita!

Tava demorando! Bonita, eu? Sou o dragão da escola...! Será que ele acha que sou idiota? Só se eu for a Gisele Bündchen das bolhas...!

Após instantes de silêncio, talvez percebendo que estava sendo o sem-noção...

— É... Por favor, Olin está no escritório?

— Paiê! — Esqueceu-se de chamá-lo de Olin. — É o esqui... — engoliu o apelido do chatildo da hora.

Aff, quase chamei o Esquisito de Esquisito na cara dele. Ah, quer saber, seria bem-feito, as bochechas queimaram.

— Que espere — gritou o pai, lá do escritório.

Olhou de rabo de olho para o Sr. Notaneka, enquanto ele fazia toc-toc no balcão de madeira. Parecia achar o móvel bonito. Até que do nada...

— Ah, quer uma bala, Sisí? — Tirou-a do bolso da bata branca bordada de dourado, como um mágico tira o coelho da cartola. — Essas balas são incríveis! — sorriu.

— São incríveis! — repetiu a fala de Olin por não ter outra na cabeça naquele momento.

Ele franziu a testa e fixou os olhos no...

— Belíssima a pedra do brinco que está usando! Você não tem o da outra orelha?

— Não.

— Ah, que pena! Imagino que a tenha perdido — disse Notaneka.

— É, devo ter perdido quando criança, pois sempre usei só um. Aliás, só tenho uma orelha furada.

Por um breve instante eles se calaram.

— Meu pai tá demorando, né? — disse, doidinha pra ficar livre dele.

— Fique tranquila, minha querida, vou descansar o esqueleto enquanto aguardo o seu pai.

Afastou-se do balcão e, em seguida, sentou-se em uma poltrona alta de assento recurvado, pés que imitavam patas de animais e os braços exibiam leões esculpidos na madeira. Parecia ter saído diretamente de um livro de história antiga. Era destinado aos clientes da loja, apesar de nunca ter visto ninguém, além do Esquisito, esperar ali.

Espremeu o riso dentro da boca por causa dos pés pendurados do Sr.Notaneka, pois ele tinha pouca altura.

Um casal de estátuas douradas, grandes, uma de cada lado, pareciam tomar conta da tal poltrona.

Ele tirou uns papéis amarelados de uma mala que, pela aparência, poderia ter pertencido ao primeiro viajante do mundo. Ficou olhando para eles, fazendo uma cara super--hiper-mega séria.

De rabo de olho, observou o Esquisito, dos pés à cabeça. *Por que ele pendura esta chave gigante nas costas? Mas... seria educado sair por aí querendo saber das pessoas o motivo pelo qual carregam isso ou aquilo? Melhor não, mas quem sabe ele... conheceu a minha mãe? E o nhenhenhém de que me viu bebê...? Acho que não ficará chateado se eu perguntar.*

— O senhor conheceu a minha mãe? — Sem querer, a voz saiu meio esgoelada, talvez pela ansiedade.

Ele abaixou os papéis, mas, no mesmo momento, escutaram o nhééééééé da porta do escritório.

Olin, ao passar por ela no balcão, sussurrou palavras.

— Mais tarde, você vai ver o que é bom para língua solta, ô coisa...!

Não acredito, perdi a oportunidade de descobrir coisas sobre a minha mãe. Droga, mil vezes droga.

As pernas bambearam de imaginar o mais tarde. Com os olhos grudados no pai, acompanhou cada passo dele até a poltrona em que se encontrava o Sr. Notaneka.

Olin deu um sorriso Mona Lisa para ele.

— Muito bem, estou aqui, Olin — disse secamente.

— Notaneka! Enfim, você deu... as caras! Pela demora... pensei ter desistido do nosso trato. Venha, não tenho tempo a perder! — Parecia nervoso.

— Psiu, você aí, ô coisa — virou o olhar para Analice. — Não preciso dizer a você para não bater à porta e interromper o meu trabalho, não é? Você sempre inventa quinhentos motivos idiotas para não cumprir minha ordem.

— M-Mas — ela deu alguns passos em direção a ele.

— Não chegue perto de mim, não chegue perto de mim...! Hoje, essas bolhas estão fedendo mais que esgoto de rua. Eca!

— É... É que eu precisava usar o computador do escritório para imprimir...

— É para rir, é? — Olin fez cócegas debaixo do próprio sovaco. — Desde quando eu deixo você mexer no meu computador? Pois fique sabendo: jamais colocará as patas nojentas nele. Jamais! Use essa porcaria de celular que você ganhou na escola para fazer os tais deveres inúteis. Pensando bem, quem te presenteou deve ser outra monstrinha, pois para gostar de você, só pode! — Fez um movimento de cabeça que significava desaprovação, antes de quase derrubar a porta ao fechá-la.

Aff... nem vou perder o meu tempo tentando ouvir a tal conversinha particular. No escritório não daria mesmo? Ah, tudo bem, faço os deveres aqui no balcão sem imprimir o arquivo enviado pelo whatsapp.

Olin assustou-a ao abrir de supetão a porta do escritório e gritar:

— Ei, sua fedorenta, aproveite o amiguinho eletrônico. Decidi jogá-lo no vaso sanitário depois da nossa conversinha mais tarde. Afinal, esgoto é lugar de bosta. Descarga nela! Pena não poder descartar você também.

Bateu a porta.

Sisí tirou o celular do bolso da calça do uniforme. Ficou mexendo no Instagram, provavelmente pela última vez. Na verdade, uma maneira de se distrair da raiva do pai por ter vendido a única lembrança da mãe. Além do babado do anel, também se sentia infeliz por causa das caras feias, dos castigos, das surras... enfim, da vida de titica de galinha que levava.

Ao ver no Instagram a imagem de uma família que parecia vomitar arco-íris de tão feliz, desejou fazer parte dela. Curtiu *uma par* de fotos.

Respirou fundo e entrou no grupo do Whatsapp da escola, coordenado pela diretora. Passou os olhos pelas mensagens, mas os pensamentos relacionados aos últimos acontecimentos estavam pausados na cabeça. No impulso digitou: "Ei, vocês chamam o pai de vocês de pai?"

O nada a ver da pergunta deu motivo para a turma zoar.

Ai meu Deus, estão mandando figurinhas de termômetro e perguntando se eu já tomei o meu remedinho pra não babar. Sou mesmo uma vacilona, deu uma *cocada* na própria cabeça.

E agora, conto ou não conto que o meu pai odeia ser chamado de pai? Hum... melhor não... eles vão rachar o bico de rir de mim.

A saída foi...

"Opa, foi mal, enviei sem querer no grupo errado", digitou.

Não demorou para o celular vibrar feito um louco ao receber o disparo de figurinhas de caveira, palhaço, cocô, ET, carinha vomitando...

"Ei... turmaaaaaaa do sétimo anoooooo!, qual de vocês nunca enviou uma mensagem errada?" — digitou a diretora, online no momento.

Ninguém falou mais um "a".

Sisí continuou a pular de perfil em perfil até ouvir o barulho das portas de aço das lojas vizinhas.

— Caraca, já tá de noite! — Correu para a porta do escritório.

O pai precisa fechar a loja. À noite, aqui no centro da cidade, é cheio de assaltantes. Melhor uma bronca do que um revólver apontado para a cabeça, eu acho.

Bateu à porta e chamou:

— Pai?

Bateu mais forte e chamou mais alto.

— PAI?

Bateu e chamou mais um tanto de vezes. Colou o ouvido na porta para escutar a conversa entre o pai e o Esquisito. Arriscou olhar pelo buraco da fechadura, mesmo correndo o risco de ser chamada de orelhuda. Desta vez, ninguém soprou do outro lado. E, na escuridão, não deu para ver nada.

O que tá acontecendo aí dentro?

Se fosse possível medir a temperatura de alma, provavelmente a sua estaria abaixo de zero.

Empurrou a maçaneta da porta para baixo e nhéééééééé...

Capítulo V

Após acender a luz, Sisí procurou pelo pai. No escritório, apenas a escrivaninha, duas cadeiras vazias e o cofre-cinza.

Eles saíram sem eu perceber...? Será melhor pedir ajuda, apesar da ordem do meu pai de nunca dar ideia pra estranhos? Mas... espere aí... quem sabe eles foram lá em cima tomar um café e eu... na Disney?

Subiu a escada em caracol de dois em dois degraus.

Porém, pouco depois, sentindo a animação de uma lesma, Sisí descia a caracol.

Desanimada, encostou-se no cofre-cinza e olhou para o vazio.

— *cocofacoagora?*

Permaneceu assim até Yunet pular em cima da escrivaninha.

A mala do Esquisito.

Na mesma hora, os miolos berraram dentro da cabeça: crime da mala! Caso-super-hiper-comentado-na-cidade, fazendo o coração disparar.

Sinistro, cara, preciso encontrar meu pai. E... se... ele... estiver? Teve horror, pois Yunet não parava de miar, cheirar e arranhar a mala.

Será cheiro de gente... morta? Ai meu Deus, não quero nem ver, mas... preciso descobrir o que tem aí dentro.

Abriu-a. Olhou entre os dedos, aos poucos, apesar do medo do que poderia estar ou sair lá de dentro. Um pano, sem sangue, parecia cobrir alguma coisa muito pequena para ser o picadinho do pai. Respirou aliviada.

Entretanto, achou um envelope branco, escrito em letras douradas: Para a minha filha, razão da minha vida.

Tremia tanto que os dedos mais pareciam uma aranha estrebuchando. Após várias tentativas, conseguiu pinçar a correspondência usando as pontinhas dos dedos. Leu em voz alta:

> Princesa, sei que deve estar surpresa. Peço desculpas por sair sem me despedir. Preste atenção: o mundo corre perigo! Siga as minhas orientações: feche a loja. Depois, pegue a mala e, com cuidado, suba para o segundo andar do sobrado. Fique em seu quarto.
> Boa sorte! Te amo!
>
> Papai
>
> P.S.: Acredite, você não estará sozinha.

Desde quando ele fala assim comigo? "Princesa"? "Te amo"? "Papai"? Será que ele bateu a cabeça e pirou?

Bem, até eu descobrir o que tá rolando, melhor seguir as orientações do bilhete. Ficar aqui, com cara de paisagem, não vai adiantar nada.

Correu para fechar a loja.

Após trancar a porta e voltar para conferir quinhentas vezes, apanhou o celular em cima do balcão, a mala no escritório e subiu a caracol, acompanhada de Yunet.

À porta do quarto, parou por um instante. Em seguida, correu e se jogou na cama abraçando o travesseiro. O choro guardado explodiu em soluços.

Por que eu não tenho mãe? Por quê? Por quê?

Os pensamentos trombavam dentro da cabeça.

Não acredito que o meu pai viajou. Pra onde? Quando ele volta? Vou ficar sozinha? Eu só tenho quase 13 anos... Amanhã faço 13. 13 anos. 13 anos. 13 anos e adeus anel da minha mãe porque ele vendeu...

Sentou-se na cama num pulo.

— Ei, espere aí, já sei! — socou o ar.

Enxugou, com cuidado, as lágrimas que ardiam as bolhas ao descerem pelo rosto. Depois, tocou em um ícone na tela do celular e selecionou um contato...

"Este telefone está fora de área de cobertura ou desligado."

Fez várias chamadas sem sucesso.

— Meleca! — bufou. — Logo agora a tia Eti não atende?

Olhou para o vazio.

— *cocofacoagora?*

Permaneceu assim até Yunet pular no colo e recomeçar a miar para a mala do Esquisito. Apanhou o bilhete, entretanto, desta vez, leu-o vagarosamente, mexendo as sobrancelhas, pois continuava sem entender bulhufas de mundo em perigo...

Tipo assim: ele deve ter surtado ao escrever: "eu te amo" e "para a minha amada filha".

Jogou o bilhete na cama.

Puxou o pano sem sangue. Choveu pontos de interrogação no quarto.

Quê? Não acreditoooo. Uma... duas... três... sete chaves enfeitadas de pedrinhas, cada uma de uma cor...? M-Mas... será que o meu pai fez as chaves para o Esquisito ou o Esquisito trouxe para o meu pai? Aff, o que eu vou... fazer? De que adianta uma mala cheia de chaves, se eu não sei o que elas abrem... ou fecham?

Mais uma vez caiu na cama e enfiou a cara no travesseiro já encharcado, enquanto ouvia o nhenhenhém dentro da cabeça:

Vou ficar sozinha no mundo? Eu só tenho quase 13 anos... Eu só tenho quase 13 anos... Eu só tenho quase 13 anos... Eu só tenho quase 13 anos...

Algum tempo depois, acordou assustada ao receber as lambidas lixentas de Yunet no braço.

— Dossa, dormi buito! — disse com voz de quem está de nariz entupido. — Binha cabeça dói... dói buito!

Sentou-se na cama. Esfregou os olhos. Passou o braço molhado pelas lambidas ásperas de Yunet na calça do uniforme.

— Aaaaiiiiii!

Capítulo VI

Olhou para o braço a fim de entender o motivo da dor. O estômago deu uma cambalhota.

Será que dormi de dovo? Pesadelo? Cobo assim? Quem be...?

Desconfiada, olhava para os quatro cantos do quarto.

Meu Deus, será que o autor da obra-de-arte-sinistra tá escondido dentro do guarda-roupa ou debaixo da cama? Apavorou-se ao imaginar que a qualquer momento ele desse as caras ou as fuças.

— Acorda, Sisí! Você ainda tá dormindo, ô garota maluca! Isto é um pesadelo, quer ver?

Deu um beliscão no braço.

— Acooooorda!

Além de entender que não dormia, aquela obra-de-arte-sinistra continuava exposta no braço: sete chaves tatuadas, uma ao lado da outra, uma de cada cor. Teve a sensação de um picolé passado nas costas.

Caraca, elas são iguaizinhas... às da mala, correu para comparar.

Qual não foi a surpresa ao descobrir que as chaves da mala tinham desaparecido.

Ah, não, cara, isto é muito louco. Qual é a vibe? Culpa da tia Eti. Se ela tivesse atendido o celular e me levado pra casa dela, isso não estaria acontecendo.

Droga! Chorar mais não vai adiantar. Cadê o celular? Vou ligar de novo e pedir socorro, procurou-o. Lembrou-se de tê-lo jogado com raiva em algum lugar do quarto. Encontrou-o caído entre a cama e a parede.

— Meleca... sem bateria! — socou o celular. — E... cadê a porcaria do carregador?

Procurou que procurou pelo quarto, mas nem sombra dele...

Por fim, uma imagem caiu de paraquedas no meio dos miolos: o carregador plugado na tomada do escritório.

Desceu a caracol aos pulos, produzindo um som metálico, acompanhada de Yunet até o escritório.

Segundos depois...

Caramba, eu tenho certeza: deixei o carregador do celular plugado nesta tomada AQUI, socou-a por instantes, descarregando a raiva.

Debruçou-se sobre o cofre-cinza. Não demorou a perceber alguma coisa se mexendo no umbigo.

Ai, meu Deus, será lagartixa? Saiu daquele encosto gelado num pulo.

Observou o disco do cofre-cinza girando sozinho... para um lado... para o outro... até ouvir o clique que, ao seus ouvidos, parecia um estrondo de bomba, igual as que os meninos da escola costumavam soltar na sala de aula.

A porta se escancarou.

Uau, posso descobrir os segredos do meu pai... sempre desejei, esquecendo-se momentaneamente do misterioso sumiço dele. Meteu a cara dentro do cofre, cheia de curiosidade. As mãos pareciam paninhos de tirar poeira, passado várias vezes em cada parte do cofre. A única coisa que encontrou foi uma aranha miúda que saiu correndo.

Hããããã? Como assim vazio?

Yunet pulou dentro e ficou ronronando, como se tivesse o hábito de gatear por ali.

— Venha, Yunet, venha! Fomos roubados e o meu pai sequestrado.

Enfiou as mãos dentro do cofre-cinza para tirá-la.

Será que o meu pai vai me colocar de castigo no quarto escuro quando voltar se eu pedir para o vizinho chamar a polícia? Ele odeia a vizinhança por terem o obrigado a me colocar na escola.

Ué, preciso de ajuda, não tenho outra saída: ou castigo ou... viver sozinha no mundo.

— Vamos sua gata preguiçosa, vamos logo!

E...

— Socooooooooocorro!

Capítulo VII

Botou a boca no mudo ao ser sugada para dentro do cofre-cinza como poeira por um aspirador de pó. A porta se fechou.

— Me tira daqui, pelo amor de Deus, me tira daqui! Tenho medo de escuro! — gritava e esmurrava as paredes do cofre-cinza.

— Paiêêêêê, abre aqui, me tira daqui, não quero morrer!

Ainda sou BV[1], passou este pensamento pela cabecinha adolescente.

Exausta, sem ninguém para salvá-la, deixou-se escorregar até o chão do cofre-cinza como um ovo jogado na parede. Encolheu-se num canto que nem um bichinho medroso, deitou a cabeça sobre os joelhos dobrados e abraçou as pernas compriiiiiiiidas.

Se a minha mãe estivesse viva, eu não estaria sozinha no mundo, presa dentro de um cofre, choramingou. *Por que o meu pai me abandonou? Por quê?*

Neste momento, o cofre-cinza começou a vibrar forte.

— Paaaaaai... me... tiiiraaaa... daquiiiiii...! Vooou morreeeeer! Socoooooooooorrooooooo! — pediu sem forças, pulando que nem pipoca na panela.

Quando o cofre-cinza parou de vibrar, parecia que, dentro da barriga, as tripas tinham dado nó.

1 A sigla BV significa boca virgem na linguagem dos jovens

Caraca, será que eu morri? Vou para o mesmo lugar que a minha mãe? Virei um fantasma? Pensando bem, talvez seja melhor do que viver no sobrado ao lado do meu pai.

Um caldo quente subiu até a goela.

Vou vomitar.

Foi quando escutou o crec-crec do girador do cofre e um novo clique. Em seguida, ouviu passos.

— T-Tem a-alguém aí? Pai? É você?

— Calma, Sisí, muita calma, por favor! — escutou a voz que parecia sair de dentro de um pote fechado.

Ô-ou, não é o meu pai.

— Q-Quem é? V-você sabe o meu n-nome? — Tremia de bater os dentes.

— Saia do cofre! — ordenou a voz.

— Saia você daqui! S-sua... ladra de loja!

— Eiiiii, Analice, deixa de show, vai?! — insistiu a voz.

— Você disse: Analice?

— Sim, Analice, minha querida Sisí!

— Querida? Não sou sua querida nem aqui e nem na lua!

— Seu pai me fez prometer que cuidaria de você!

Ah, tá, me engana que eu gosto, tremia da cabeça aos pés.

— Agora eu te peguei na mentira: meu pai não tem amigos e nem parentes! Até a minha gata sumiu! — Lágrimas e catarros escorriam e pingavam na calça do uniforme e no tênis.

— Saia do cofre! — repetiu a voz.

— Nem pensar! Meu pai sempre me proibiu de falar com estranhos.

— Você não tem outra saída. Prefere morrer sem ar aí dentro? — pressionou a voz. — Por acaso, sente-se fraca? Boca seca? Fome? Sede?

Fome? Sede? Nem me lembro quando comi e bebi água pela última vez, se é dia ou noite, se estou dormindo ou não, agarrava os cabelos em desespero, se balançando para frente e para trás em um movimento de cadeira de balanço.

Eca! Só de pensar em comida me dá vontade de vomitar, ai, que nojo. Odeio vomitar.

— Prefiro morrer aqui dentro, tá ligada! — gritou.

— Uma pena! Não quer a minha companhia... até logo! — despediu-se a misteriosa voz. — Boa sorte quando... eles chegarem aqui!

— Eles? Eles quem? As pessoas que sequestraram meu pai e tatuaram o meu braço enquanto eu dormia?

Entre saber e não saber, Só me resta...

— Espere, vou sair!

Imediatamente largou os cabelos e parou de fazer o papel de cadeira de balanço. Arrastou o bumbum para os pés alcançarem a porta do cofre-cinza, já que não dava para ficar de pé por conta da altura. Empurrou-a. Teve a sensação de um coelhinho saindo da toca pela primeira vez. Levantou-se meio capenga, pois as pernas compriiiiiiiiiidas deram aquelas formiguinhas chatas de quem fica na mesma posição por muito tempo.

Ué, m-mas aqui não é o escritório do O-oráculo das Chaves. Que lugar é este?

Capítulo VIII

Assustada, olhava para todos os lados.

Dois archotes, daqueles usados para iluminar castelos de filmes, mostravam o que parecia ser uma caverna. A descoberta fez os cabelos dos braços ficarem em pé.

Na entrada, dois enormes leões, talvez de pedra, um de frente para o outro, bocarras abertas... a continha certa da cabeça de uma adolescente de 13 anos.

Mas não tem ninguém aqui... C-cadê a dona da voz?

— Ei, voz! — gritou.

— ozozozoz... — o eco respondeu.

— Cadê você? — gritou mais alto.

— êêêêêêêê...

Não demorou a ouvir passos vindos da caverna, cada vez mais altos e mais perto. Os olhos queriam saltar das órbitas. O coração batia na goela. Um vulto veio chegando... chegando... Ergueu a cabeça devagar. Passou os olhos na ex-voz, do dedão do pé até... a pontinha das orelhas peludas. Soltou um grito de horror que parecia não ter fim.

Por um instante, escutou ao longe...

— Não desmaie, Sisí, por Nota! — disse a ex-voz.

— O anel... Tô sozinha... Tenho medo do escuro... Meu Pai... Faço 13 anos... Yunet... Lagartixa... Tô cega... Eu...

Sem saber quanto tempo depois, abriu os olhos e viu outro par encarando-a. Azuis.

Vou é vazar, pensou ao fazer força para ficar de pé, mas as pernas não obedeceram. Desta vez, o grito de horror não teve forças para sair e deu lugar a um sussurro:

— Q-Quem é v-você?

— Fique calma, não vou machucá-la! — disse a ex-voz.

Se eu conseguir chegar até um dos leões, posso me apoiar, ficar de pé e... fugir.

De quatro, bem devagar, arrastou os joelhos pelo chão, mas a dor nas bolhas das mãos quase a fez desmaiar de novo. Insistiu em se levantar mais uma vez, sem sucesso. Ao erguer a cabeça, quase bateu o nariz na canela da dona da voz.

— Eiiiii, sou Yunet, a gata! Vamos, cadê o meu abraço e aquela coçadinha gostosa atrás das minhas orelhas? — abriu os braços o quanto pôde. No entanto, ficou no vácuo.

— RAAAAH! Não me reconhece?! — deu lambidas no próprio ombro.

Sisí ficou imóvel como uma pedra.

— Ô, minha querida, posso explicar. Acho melhor você se sentar, pois ficar de joelhos não é nada agradável. Para começar, recebi, há 13 anos, a missão de protegê-la em Daaz.

— Oi? Você cheirou orégano?

— Peço desculpas pelo meu esquecimento! Daaz é o que vocês chamam de mundo.

— Ah, para, vai! Nada a ver este papo.

— O medo a está impedindo de acreditar em mim? Quer uma prova? "Você não estará sozinha. Assinado: Papai."

Olhou a mulher-gato tim-tim por tim-tim. Parou na placa de identificação pendurada na coleira. Segurou-a entre os dedos e virou-a de um lado... do outro... Leu a gravação.

— M-mas... É a identificação da Yunet?! É o endereço do sobrado: Rua Ramalhete, 11, centro — A voz saiu rouca.

Ô-ou, será mesmo a minha gatinha? Uma vez, ouvi meu pai contar pro Esquisito que fui eu que achei a Yunet, filhotinha, dentro de uma caixa na porta do Oráculo das Chaves.

— Lembro-me desse dia, pois parece que foi ontem... Você puxou Olin pelas calças para mostrar o miau — parecia ter lido o que tinha acabado de pensar. — A propósito, as chaves da mala transferidas e tatuadas no seu braço pararam de incomodar? — quis saber Yunet.

Olhou o braço.

— Caraca, agora só tem seis! A sétima chave sumiu, Yunet!

Ao ouvir o seu nome, mexeu as orelhas pontudas, espreguiçou-se e se abriu para o abraço.

Sisí ficou no vou, não vou... vou, não vou...

Enfim... tomou a decisão.

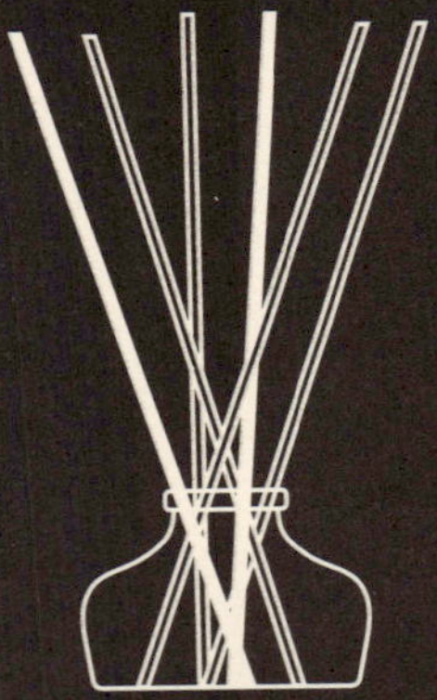

Capítulo IX

Quando finalmente se largaram...
— Yunet, você pode me explicar esta parada maluca? — abriu o perguntador.
— Posso imaginar, Sisí, as perguntas fazendo o seu cérebro de pula-pula aí dentro — riu um riso meio chiado.— Prometo responder uma por uma. Entretanto, precisamos sair logo daqui, pois em breve eles estarão de volta.
O tal pula-pula, agora exibia um letreiro em neon piscando: "Eles quem? Eles quem? Eles quem? Eles quem?".
— Eles quem? — repetiu o pensamento em voz alta.
— Sisí, você quer comer? Posso arranjar alguma coisa... — Yunet mudou o assunto em uma piscada.
— Eca! — imaginou um prato de camundongos para comer. — Fala sério, só de pensar em comida, minhas tripas dão um nó.
— Não se preocupe, você vai melhorar. Vamos, sente-se aqui ao meu lado! — encostou-se ao pedestal do leão mais próximo e mostrou o local, dando tapinhas no chão.
Sisí obedeceu ao chamado de Yunet e pôde repará-la de pertinho.
Após um breve silêncio...
— Por que você virou uma gata-gente? — insistiu nas perguntas.
Yunet alisou os bigodes e miou fininho.
Ah, pronto, ela também mia...

— Posso começar dizendo que o meu verdadeiro nome é Bastet.

— Bastet? — Sisí repetiu como um eco.

— O seu pai me deu o nome de Yunet, mas, na verdade, sou uma deusa egípcia.

— Você tá de zoeira, né?

— Não! Sabe a estatueta que tem no quarto do seu pai, em cima do criado-mudo?

Sisí virou o olhar para o alto, talvez para buscar a imagem na memória, mas ele sempre trancava a porta do quarto.

— Acho que já vi alguma coisa parecida, mas não tenho certeza.

— Então... os egípcios acreditavam que os bichanos eram criaturas mágicas, capazes de trazer boa sorte às pessoas que cuidavam delas. — Yunet deu uma lambida na pata, ou melhor, na mão.

— Eu, hein, só por isso?

— Sisí, gatos caçam... ratos! — Lambeu os beiços e colocou-se em posição de ataque: patas, ou melhor, mãos encolhidas, bumbum para cima, uma reboladinha e... o pulo certeiro na presa de mentirinha.

— Eca, você come ratos? — fez vômito ao imaginar.

— Eu não, mas caçá-los é muito divertido!

— Muuuuuuito divertido! — repetiu Sisí baixinho.

— Ah, os egípcios também abençoaram os gatos porque eles davam cabo nos ratos, que invadiam os depósitos de grãos, destruindo os alimentos. Considerados sagrados, passaram a viver dentro das residências como membros da família.

Sisí prestava a maior atenção, pois o pai não contava essas histórias. Só conhecia a descendência por causa da decoração egípcia do Oráculo das Chaves.

— Legal! Gostei! Conta mais?

— Espere aí! Espere aí! Antes preciso...

Pulou de susto quando Yunet, num movimento rápido, tirou alguma coisa do bolso da túnica branca e...

— Sisí, abra a boca e feche os olhos!

— Tá maluca?! Até parece que eu vou deixar você colocar alguma coisa na minha boca sem eu saber o quê.

— Então, abra a mão.

Quando viu e cheirou a bolotinha verde...

— Não acreditoooooooo! É a bala de menta do Esquisito?! Onde você conseguiu...?

— Aqui.

— Aqui? Mas o aqui é em?

— No Antigo Egito.

— É um bairro ou rua aqui da cidade? Nunca ouvi falar...

— Não! Preste atenção, Sisí: o cofre-cinza do escritório do Oráculo das Chaves é um portal para o Antigo Egito. Vários desses links estão espalhados por Daaz.

— Já vem mais blá-blá-blá?!

— Você não pediu mais histórias? Entretanto, essas são verdadeiras!

Foi aí que Yunet contou que a última descarga do banheiro feminino da escola é um portal para a Grécia Antiga, o caixa eletrônico do banco na rua do sobrado é um portal para a Escócia Antiga e revelou mais dezenas de portais espalhadas por Daaz.

— Ah, para, né, Yunet, você tá de zoeira, não tá? Agora vai querer me convencer de que estamos no Antigo Egito? E, então, a paradinha da hora é fazer a mala, entrar no cofre-cinza do meu pai e passar férias na casa da tia Cleópatra? O seu cérebro deve ter bugado quando virou Yunet-Bastet, só pode!

Papo nada a ver... Espero um dia entender esta viagem maluca.

— Difícil entender? — perguntou Yunet, parecendo ler o seu pensamento.

— É pra falar a verdade?

— Claro, ou então, seu nariz vai crescer — ronronou um ronronado que poderia ser confundido com um risinho estranho.

— É tipo assim: meus miolos estão muito mais que pirados!

Yunet agachou-se, colocou as mãos nos ombros de Sisí e a olhou de pertinho.

— Minha querida, o cofre-cinza do Oráculo das Chaves é o portal de ligação entre Daaz e o Antigo Egito, também chamado de Portal-dos-Leões. Você o abriu, sem querer, usando uma das chaves tatuadas no seu braço, por isso uma delas desapareceu.

— Espere um minuto... Xiiii... será que o Esquisito e o meu pai também entraram no cofre-cinza?

— Bingo! — exclamou Yunet.

— Aff, então deu ruim: o Esquisito raptou meu pai. Sempre cismei com a cara dele! Aquela chave pendurada nas costas... Vai ver ela também abre o portal.

— Sisí, quando as primeiras chaves de madeira surgiram no Antigo Egito, elas pesavam horrores! Por isso, as pessoas as penduravam às costas. Simples assim. Isso é estranho em Daaz, mas no Antigo Egito é símbolo de poder.

— Ei, espere aí, Yunet, eu sempre quis que você falasse. — Mas... agora que o meu desejo se tornou realidade, você me conta que o Esquisito é... egípcio?

— Sim, o Sr. Notaneka é egípcio! Você não sabia?

— Vixe! Então, deu ruim mesmo, Yunet! O meu pai deve ter dado mole e o Sr. Notaneka o levou para o Antigo Egito — disse meio baixo, não querendo acreditar no que acabou de falar. Mas... pra quê? Vamos atrás deles?

Levantou-se num pulo.

— Você parece melhor! — disse Yunet, de jeito ronronado. — Precisamos dar o fora daqui, o perigo pode surgir a qualquer instante.

Mal acabou de falar, o cofre-cinza começou a fazer barulho e balançar.

— Ô boca grande, hein, Yunet?! São os tais... "eles"?

— Preste atenção, Sisí: a partir de agora, não mostre o branco do olho, o branco dos dentes e o branco das unhas. Rápido, rápido!

— Hã?

— Assim, olhe! — Yunet fechou os olhos azuis, apertou a boca e guardou as unhas, que mais pareciam garras afiadas, dentro da pata, ou melhor, da mão.

— Ai, ai, ai, o que é agora? Não viaja, gata! — nervosa, abriu o falador nada a ver:

— Você acredita que na última aula, a tia Eti me deu um vidro de acetona e...

Quase sem fôlego, emendava uma fala na outra, sobre esmalte, unhas pintadas, maquiagem, meninas da escola que usam sutiã, que falam de garotos, tipo: quem gosta de quem, quem é BV, quem não é BV, que elas são cheias de contatinhos...!

— Bem, eu sou BV...! Qual gatinho vai querer ficar comigo...? Sou horrorosa... Essas bolhas fedidas... Não sou *crush* de ninguém e...

— Nem mais um pio! — Yunet tapou-lhe a boca. Não se mova e faça o que eu mandei.

Foi quando escutaram o girador do cofre-cinza e o clique.

— Seja lá o que for, repito: não se mexa, entendeu? — sussurrou Yunet.

Em seguida, sumiu num pulo.

Capítulo X

Sisí poderia ser confundida com aquelas estátuas douradas do Oráculo das Chaves. Apertou as pálpebras, mas ainda assim conseguia ver o cofre-cinza por uma aberturinha de nada dos olhos.

A porta do cofre-cinza se escancarou com violência, talvez por consequência de um pontapé.

— Vamos, vamos, seus escravos preguiçosos! Chega de moleza...! Querem sentir o chicote no lombo doer? — Um encapuzado de veste longa e branca chicoteou o chão ao sair do cofre-cinza.

Em seguida, foi a vez de dois homens. Eles vestiam um tipo de sainha curta, sabe-se lá se usavam cueca ou sunga por baixo. Os peitos musculosos eram parecidos com os dos carinhas malhados da escola, conhecidos como ratos-de-academia. Tinham machucados sangrando, outros cascudos e mil cicatrizes. Dava para ver carne viva nas mãos e pés.

Eles carregavam uma caixa de madeira e pingavam suor. Pelas caras, a caixa parecia pesar horrores!

Por um instante, ficou imaginando o que poderia ter acontecido a eles por causa de tantos machucados.

— Parem, seus incompetentes! — ordenou o Encapuzado. — Coloquem devagar a caixa no chão. Não quero perder nenhuma mercadoria.

— Água, por favor, meu senhor, água... água... — implorou um deles, caindo de joelhos no chão.

O Encapuzado deu um chute daqueles no peito do homem que parecia ser um escravizado. Ele caiu de costas, colorindo a terra de sangue.

Nessa hora, Sisí quase arregalou os olhos e gritou de raiva, medo e pena.

— Que água o quê, escravo atrevido, faça-me rir! — Tirou uma garrafa dependurada na cintura. Bebeu a água deixando-a escorrer pelo queixo e roupa. Parecia se divertir ao ver a cara de sede do homem.

Logo após, caminhou pelos quatro cantos do portal, olhando tudo ao redor.

Ai, meu Deus, por favor: não me veja, não me veja, não me veja, agora virando uma estátua de gelo.

Espremeu as pálpebras. Percebeu a aproximação dele. A poeira que entrou pelo nariz, talvez tenha sido levantada por fortes pisadas no chão. Parou, com certeza ao lado, pois dava para ouvir a respiração dele por baixo do capuz.

— Estranho, hoje o portal está vibrando uma energia diferente... — disse o Encapuzado em voz alta. — Tem alguém além de nós aqui? Já, já descubro ligando o meu daazômetro, que indica a presença de habitantes de Daaz.

Nããããããão! Desesperou-se Sisí.

No mesmo instante, um som de gelar a alma saiu, provavelmente de dentro da caixa de madeira. Parecia choro de bebê, mas doíam os ouvidos de tão altos e agudos.

— Mas que droga, acordaram! Inferno! Haja ouvido para aguentar o chororô das pestes — disse o Encapuzado.

O acontecimento parecia ter chamado mais a atenção do que a suspeita da energia intrusa.

— Vamos embora, criaturas fedorentas! Todo cuidado é pouco — disse com grosseria. — Este carregamento de filhotes será despejado ainda hoje no berçário. Apesar de insuportáveis, é melhor criá-los na cidade de Sabet para não perderem a essência ruim antes que os alquimistas das pirâmides de Notateka possam encontrá-los e recuperá-los.

— Vamos logo! — ordenou.

Pelo barulho, Sisí concluiu que os escravizados carregavam a caixa de novo. Obviamente, o sofrimento deles iria continuar sabe-se lá até quando...

— Mais rápido, lesmas, mais rápido! — disse o Encapuzado, enquanto metia o chicote neles — Sisí ouvia as lambadas.

Aos poucos, os gritos e chicotadas não foram mais ouvidos pela estátua que continuou exercendo seu papel. *Devem ter entrado na caverna*, concluiu.

Yunet não demorou a voltar de um provável esconderijo.

— Ei, Sisí, relaxa, eles já se foram! — Aproximou-se.

— Eu... O... Encapuzado... Não... Escutei... Animais... Caixa... Filhotes... Escravos... Nervosa, os pensamentos e as falas se embolavam como se fossem um novelo de lã em cama de gatos.

— Minha querida, você já pode mostrar o branco dos olhos, dos dentes e das unhas — disse Yunet, enquanto forçava os braços da estátua para baixo. — Pelo menos este perigo passou. A propósito, antes que você pergunte, o Encapuzado não te viu por causa do...

— Tem mais perigo, Yunet? — ela interrompeu o que poderia ser uma explicação da invisibilidade.

— Aqui é o Portal-dos-Leões, ou seja, é a passagem entre os dois mundos: Daaz e Antigo Egito. A todo instante, escravizados e nossos alquimistas levam e trazem as criaturas capturadas.

— Tipo assim: bichos? — quis logo entender.

— Bem... são muquerelas, tijangolerês, mimimis, vai-com-as-outras, lalixas... Não são propriamente animais que você conhece.

Enquanto ouvia a explicação, Sisí apertava e desapertava os lábios seguidamente.

— Os da caixa do Encapuzado, por exemplo, são fihotes-de-cruz-credo — esclareceu Yunet. O choro deles é o cocô-do-cavalo do bandido!

— Quê? Filhotes-de-cruz-credo? Seu cérebro bugou de novo?

Meu Deus, quanto mais eu pergunto, menos entendo.

— Cruz-credo não é uma coisa muito feia? — perguntou Sisí.

— É isso mesmo! As pessoas falam: Cruz-credo-disto, cruz-credo daquilo, cruz-credo-daquele, cruz-credo-daquele-outro...

— Ah, isso eu já ouvi na escola um trilhão de vezes: Cruz-credo em ficar perto da fedida nojenta!— fez uma voz chata. — Eu fico super-hiper-mega-sem-graça, tipo, vontade de morrer, sabe — Engoliu em seco. Uma lágrima queimou-lhe o canto do olho, mas não deixou que ela escorresse, piscando mil vezes por segundo até ela secar.

— Sisí, os habitantes de Daaz nem imaginam que todas as vezes que sentem irc de outra pessoa, dão vida a um filhote-de-cruz-credo. E tem mais! Sabe aquelas pessoas que vivem murmurando, se queixando, reclamando e lastimando? Então, essas criam as muquerelas. Isso sem falar dos criadores de mimimis, tijangolerês e os vai-com-as-outras. Todos nascem do mesmo jeito e são igualmente perigosos!

— Papo nada a ver, Yunet-Bastet! Brisou é? Já tô bem crescidinha pra acreditar em loura que aparece no banheiro da escola, noiva-cadáver, bicho-papão e... filhote-de-cruz--credo! — deu um risinho.

— Ah, não acredita, não?

— Ué, eu nunca vi nenhum! — deu outro risinho.

— Claro que não viu, eles são invisíveis em Daaz! Ainda bem, pois vocês não suportariam tamanha feiúra.

Duvido que sejam mais feios que eu, este pensamento atravessou-lhe a cabeça na velocidade de um avião. Em seguida, lançou um olhar de dúvida para Yunet.

— Tá, e se fosse verdade, eles surgem do nada? Tipo assim: "Ah, já que não temos nada pra fazer, vamos nascer em Daaz?!".

— Olha só, Sisí, eles também nascem de más palavras e pensamentos ruins das pessoas. Aí, como se fossem mochilas, ficam agarrados às costas dos papais e mamães, ou seja, dos criadores.

— Na lua minguante, eles fazem uma caca preta fedorenta de onde surgem, em pouco tempo, as larvamalmóides.

— Já saquei, Yunet, é tudo brincadeira?!

Entusiasmada em explicar sobre as criaturas, parece não ter ouvido a sacação de Sisí e continuou:

— Esses vermes sobem para a cabeça deles, penetram no cérebro e inspiram essas pessoas a praticarem as piores maldades.

— Tipo o quê?

— A roubar, matar, explorar, escravizar, abusar dos seres, além de destruir a natureza e o planeta em benefício próprio... Agem à vontade, pois ninguém sabe da existência deles. São os chamados Povos-das-Amebas, estudados e nomeados pela nossa maior alquimista, dra. Adlavineg Ovarc.

Sisí apertou os lábios ao ouvir a explicação bizarra.

— Pra lá de sinistro, cara! Se tudo isso for verdade, é melhor fechar logo o maldito Portal-dos-Leões — sugeriu.

— E deixar as pessoas se destruírem? Se não fosse por nossa missão, Daaz já teria ido para o beleléu! Há tempos, trazemos as tais criaturas horrendas para o Antigo Egito a fim de curá-las.

— Hum, e se for verdade, o que vocês fazem com elas?

— São levadas para as pirâmides-de-cura. Lá, são tratadas pelos nossos alquimistas, que são estudiosos da química, física, medicina, biologia, astrologia e mais um montão de gias. Eles utilizam cristais, ervas, chás e o principal de todos os ingredientes... o amor! Regeneradas, são devolvidas para Daaz. Repetem o mesmo processo de se agarrarem às costas dos papais e mamães, porém, desta vez, inspirando o bem. Parece louco, eu sei, mas é real, acredite.

— Põe louco nisso, cara! Mas... todas elas ficam boazinhas e fofinhas depois do tal tratamento?

— Isso depende. As mais perversas precisam de um tempo maior de tratamento, mas a boa notícia é: transformadas, inspiram obras super do bem pelo mundo.

— Alôôô! Se a missão de vocês é trabalhar para o bem... esqueceram de avisar ao Encapuzado, pois ele meteu o chicote nos escravizados! — questionou Sisí. — Nossa, ele bate sem dó! Eu vi muito bem os ferimentos deles. Só de lembrar, minhas tripas dão nó dentro da barriga.

— Eis o xis da questão...! O Encapuzado é, ou melhor, era um dos nossos alquimistas. Contudo, pela fome de poder, rebelou-se e traiu a missão. Adquiriu seguidores e, mais tarde, fez deles escravos. Funciona assim: ele captura as criaturas, aumenta o grau de maldade delas, assim formando um terrível exército. Mais tarde, quando levadas de volta a Daaz, inspiram trocentas maldades nas pessoas.

— E daí, o que ele ganha fazendo isso?

— Na verdade, ele quer ser o rei de Daaz, Antigo Egito e de todos os mundos. Entretanto, para que isso seja possível, ele precisa encontrar o Livro de Htoht, o manuscrito que revela toda a magia para se tornar o mestre da terra, do mar, do ar e de todos os universos.

— Vem cá, esse tal de Htoht também é metade-gente, metade-gato?

— Você quase acertou! — Yunet riu. — Deus da escrita e do conhecimento, ele é metade-gente, metade-pássaro. É um ser maravilhoso!

— Ôôôô! Posso imaginar... — Ela riu. — Por que não queimam o livro? Simples assim, ué!

— Não é tão fácil, Sisí! O livro sagrado de Htoht está guardado. Aliás, beeeeem guardado dentro de um baú de ouro, dentro de um baú de prata, dentro de um baú de marfim e ébano, dentro de um baú de sicômora, dentro de um baú de bronze, dentro de um baú de ferro, trancado a seis chaves. Contudo, ninguém sabe onde ele está escondido.

— Aí ferrou, miga!

— Pois é, não podemos deixar o traidor ser o rei dos mundos. Seria uma tragédia!

— Vamos vazar, Yunet? Depois você me fala mais desse tal Htoht. Eu não quero ver isso. Mas antes, preciso da sua ajuda pra procurar o meu pai. — Decidida, caminhou para a entrada da caverna.

— Ô-ou... espere... — Freou. — É aqui que o Encapuzado entrou levando a caixa de filhotes-de-cruz-credo — disse, encarando os leões de pedra na entrada da caverna.

— É a única saída, ops, entrada — disse Yunet.

— Não rola de entrar aí de jeito nenhum, tá ligada? — Voltou atrás na decisão de procurar o pai, enquanto pescoçava para dentro da caverna escura.

Yunet riu aquele riso meio chiado, enquanto percebia o medo de Sisí estampado na cara.

— Não rola mesmo, tenho pavor de escuro! Deve tá assim ó, de lagartixa aí dentro! Vai que você resolve caçá-las e me larga sozinha? Tô fora, miga! — Agora andava em círculos que nem uma barata tonta.

— Parece o mesmo caminho, mas juro para você que não é — disse Yunet, talvez desejando acalmá-la. — Escuta só, Sisí, a caverna tem nome e sobrenome: Cueva-Eva. É um ser vivo, sabia?! Cuidado, ela lê nossos pensamentos! — cochichou no ouvido de Sisí, que levantou as sobrancelhas por conta do nhenhenhém nada a ver. — Acredite, ela conhece a essência de todos que entram nela, portanto, abre caminhos diferentes para as pessoas, levando-as para o lugar que lhes é permitido, e não o desejado. Portanto, fique tranquila, minha querida, você não corre o risco de encontrar o Encapuzado aí dentro.

— Choquei. Mas, então, pra onde ela vai levar a gente?

— Para a cidade de Notateka. É lá que os Povos-das-Amebas recebem tratamento nas câmaras de cura das pirâmides. Quanto à escuridão posso...

— E se o Encapuzado conseguir chegar à Notateka usando outro caminho? — interrompeu Yunet.

— Impossível! A não ser que ele encontre o Livro de Htoht, aí sim, terá poderes suficientes para derrubar a gigantesca muralha de cristal azul que separa as cidades de Notateka e Sabet. Ela não tem início, nem fim.

— Yunet-Bastet... sua gata doida... agora o blá-blá-blá é sobre uma caverna viva que lê pensamentos?

— Aqui é muito diferente de Daaz. Apenas confie em mim. Quanto ao receio de que eu coma lagartixas, fique de boa, pois a minha essência humana não agrada do cardápio, embora a minha essência felina... — Lambeu os beiços, mostrando a língua lixenta. — Vamos?

— Pô, Yunet, você bem que podia ir sozinha procurar o meu pai, hein?! Não rola, não? Prometo ficar aqui quietinha esperando. Ah, e se o Encapuzado aparecer, escondo o branco do olho, o branco dos dentes e o branco das unhas do jeitinho que você me ensinou. Topa?

Yunet pegou-a pela mão e a levou para dentro da Cueva.

— Saco! E eu tenho outra saída? — disse Sisí, enquanto rangia os dentes.

Foi pisando duro como criança pirracenta que não ganhou o que queria.

Depois de alguns passos, Yunet-Bastet parou e bateu umas palmas. Logo em seguida, falou alguma coisa em uma língua que não dava para entender nadinha de nada. Continuaram a andar. Os archotes se acendiam quando passavam por eles. Bastante surpresa, Sisí olhava para frente, para trás, para cima, para baixo, para a esquerda, para a direita e... para Yunet-Bastet.

Será que esta gata maluquete tem um controle remoto de acender tochas, escondido no bolso? Só pode.

— Eu quis te explicar sobre os archotes, mas você me interrompeu... — disse Yunet, parecendo ler pensamentos mais uma vez.

— Demora muito pra chegar à Notateka? — interrompeu de novo.

Ao perceber a falta de paciência na pergunta...

— Sisí, olha, sei o quanto está sendo uma experiência difícil para você. Peço, por favor, que compreenda.

— Compreender que o meu pai desapareceu e deixou um bilhete dizendo que me ama, que o mundo corre perigo, que tatuagens apareceram e desaparecem no meu braço, que vim parar em outro mundo através do cofre-cinza, que a minha gata não é gata, que um encapuzado traidor saiu do cofre e fiquei invisível porque escondi o branco do olho, o branco dos dentes e o branco das unhas, que vi escravos carregando filhotes-de-cruz-credo que soltavam guinchos de arrepiar, que entrei em uma caverna viva que lê pensamentos, que archotes se acendem...?

— PARA TUDO! Ei, QUERO voltar pra casa! QUERO voltar pro meu mundo! QUERO voltar pra minha vida! QUERO o meu pai! QUERO minha gata de antes! QUERO que me leve de volta! — Parou, cruzou os braços e inflou as bochechas o quanto pôde. — ENTENDEU, Yunet sem a metade Bastet, ENTENDEU?

— Sinto muito, Sisí, mas é impossível!

— Chega de enrolação, Yunet-Bastet! — Emburrada, sentou-se no chão da Cueva-Eva.

Daqui não saio, daqui ninguém me tira.

Olhou para o vazio.

— *cocofacoagora?*

— Quer parar de se fazer de coitadinha? — ralhou Yunet. Você já está bem crescidinha para fazer pirraça e beicinho. Sei que os seus pensamentos e sentimentos estão misturados, mas...

— Misturada? Eu? Não! Imagina! Eu só tô dentro de um liquidificador ligado na velocidade máxima — levantou-se, rodou em torno de si mesma no modo zoar. Sentou-se de novo. — Nem sei se tenho fome, sono, sede, vontade de ir ao banheiro, se é dia, se é noite.

— Posso lhe garantir: todas as suas necessidades fisiológicas estão bloqueadas aqui no Antigo Egito, por conta da bala que o Sr. Notaneka sempre lhe deu — esclareceu Yunet.

— Hã? Aquela bala de menta do Esquisito... no Oráculo das Chaves? Espere aí. ele disse mesmo alguma coisa sobre a bala ser incrível...

— E é! — confirmou Yunet!

— Você e o Esquisito são assim, né? — Esfregou os dedos indicadores um no outro. — Vamos, Yunet, fale logo o que ele fez com o meu pai. Você viu tudinho, que eu sei!

— Bastet — disse uma voz grossa. — Eu resolvo a situação.

Sisí virou o olhar para saber quem iria resolver a tal situação. E qual não foi a surpresa?! Voltou o olhar para Yunet. Na garganta, o grito de socorro não teve força para sair.

Yunet permaneceu no mesmo lugar.

Sisí levantou-se num pulo e correu tropeçando nas próprias pernas compriiiiiiiiidas até a beira de um precipício. Percebeu ser impossível chegar ao outro lado da Cueva-Eva sem uma ponte. Parou entre aquela ameaça que surgiu e o precipício.

— Não se aproximem de mim. Não se aproximem de mim. — Andou de marcha à ré, provocando o rolar de algumas pedras soltas. — Mais um passo em minha direção, eu pulo. Eu juro que pulo.

Foi quando ouviu:

— Tenuy e soriehnapmoc se-meraperp arap o euq met euq res otief¡

Assustada, perdeu o equilíbrio e caiu junto às pedras que rolaram para o precipício. Os pés perderam o chão, mas o leão agarrou-a pelas mãos e puxou-a para cima, evitando que despencasse. Depois, carregou-a pelo cangote como se fosse um leãozinho fujão.

— Me larga! Me solta! Me deixa! — abocanhada, ela se debatia.

— S-sua... s-sua traidora! — gritou sem ver Yunet, a cabeça virada para o chão da Cueva-Eva, enquanto carregada. — Eu devia ter desconfiado...

— Sisí, eu posso explicar — disse Yunet de algum lugar ali perto.

O leão parou, soltou-a da boca, mas, em seguida, carregou-a nos braços, andando em duas patas. Sisí sentiu-se como comida servida em bandeja de restaurante indo para a mesa de clientes com fome.

— Onde vocês jogaram o meu pai, hein? Aposto que só deixaram os ossos dele. Tudo planejado pelo... Pode aparecer, Sr. Notaneka! Já saquei essa parada de Portal-dos-Leões...! Só tenho 13 anos, mas não sou idiota. Não sou idiota, estão ouvindo? — Os braços e as pernas compriiiiiiidas de Sisí se sacudiam à medida que o leão caminhava nas patas traseiras, carregando-a nos braços.

— Mahnev, soriehnapmoc! — exclamou o animal ao levantar a caça no alto.

Rugidos vinham de todos os lados. O pânico tomou conta de Sisí. O coração batia na garganta. As pernas e braços ficaram molengas como as de uma boneca de pano. Não tinha forças para reagir. Os olhos queriam sair das órbitas. Sem nada a fazer, esperou a primeira mordida.

— Agora é a sua vez, companheiro, manifeste-se! — disse Yunet.

Ele jogou Sisí para o alto e...

— Salva por um triz, Yunet! Por muito pouco, Sisí teria se esborrachado no precipício! — exclamou uma criatura alta de cabelos vermelhos, olhos verdes, amparando-a novamente nos braços quando ela caiu.

— Q-quem é v-você? C-cadê o leão? — Sisí mal conseguia sussurrar.

— Ora, eu sou o mesmo leão! Meu nome é Surika! Sou o líder do Povo-Juba-Vermelha! — rugiu, seguido pelos outros leões. Em seguida, colocou-a de pé no chão. Yunet ajudou a segurá-la entre chutes e socos na tentativa de escapar. Os leões fizeram uma roda em volta dos três.

— Es-mertsom! Meicnerever! — disse Surika.

Sisí pingava uma mistura de suor e lágrimas. Sem forças para gritar ou correr, escondeu o rosto entre as mãos enfaixadas.

É o meu fim.

Capítulo XI

A cabeça girou.

Já morri? Ué, nem doeu?

Cambaleou. Caiu. Olhou em volta. No lugar dos leões, outras criaturas altas, de cabelos vermelhos e olhos verdes.

— Evlas, Ecilana! — Surika bateu o cajado no chão e apontou para o precipício.

Ah, não, de novo o precipício? Caramba, vai me jogar aí? Mas eu já... morri. Então, por que me salvou?

— M-mas eu já... morri — repetiu o pensamento em voz alta.

— Siga em frente! — ordenou Surika, sem nenhuma explicação.

— Mais dois passos e resolvemos outro dos nossos obstáculos — emendou Yunet.

Será que a gente morre depois de morta? De novo, teve a sensação de um picolé passado nas costas.

Em seguida, um empurrão de Yunet e...

Sem nada para se apoiar, foi complicado ficar de pé. Recebeu um soco na boca do estômago ao ver o precipício, agora abaixo dos pés. Tonteou. Caiu de novo.

Tô viva? Morta? Morta-viva? Tô parada no ar? Virei um fantasma? Não caí? Sinistro demais...

Ao olhar para cima, Yunet e Surika a observavam.

— Siga para o outro lado do precipício — Surika ordenou mais uma vez.

Sem muita coordenação nos movimento, Sisí levantou o pé quase na altura dos ombros para andar no ar. Quando chegou do outro lado... gritos ecoaram na Cueva:

– Evlas, Ecilana! Evlas, Ecilana! Evlas, Ecilana!

Meu Deus, o que deu neles agora?

Surika e Yunet também atravessaram o precipício, seguidos pelo Povo-Juba-Vermelha.

Quando Sisí percebeu a presença de Yunet ao lado...

— Não se aproxime de mim, sua falsiane! Nem morta atrás da porta quero papo contigo. Acabei de descobrir: vocês também são... gente morta!

— Relaxa, menina, você não morreu!

— Ah, tá, já vem você rir da minha cara de defunta, né, Yunet-Bastet-falsiane?

— Posso explicar. Preste atenção, Sisí: a Ponte-engana-bobo só aparece para quem ela quer. Por isso, nós comemoramos quando você atravessou para o outro lado. Para muitos, a caminhada termina no fim do precipício, se é que ele tem fim.

— Ou você acha normal cair e... não cair? — emendou Surika, chegando mais perto.

— Isso quer dizer que tô inteira e vivinha da Silva? Vocês não me devoraram? Não caí? Não morri? — nervosa, abriu o perguntador. — Afinal, de que lado vocês estão: do meu ou do Esquisito?

— Do outro lado do precipício... — Surika soltou uma mistura de riso e rugido, porém bastante assustador.

— ...você descobrirá em breve — completou Yunet. — Vamos, temos pouco tempo!

Surika foi à frente. Yunet e Sisí em seguida. À esquerda e à direita deles, em fila indiana, o Povo-Juba-Vermelha.

Não quero saber de mais nada. Viva ou morta, preciso achar um jeito de fugir, pensou lá com seus botões. *Mas...como?*

Capítulo XII

Após um tempão de caminhada, sem ideia de como fugir, Sisí quebrou o silêncio.

— Pra onde estão me levando, hein? O que querem? Cadê o meu pai, ops, os ossos dele? Cadê o Esquisito?

Além do eco da própria voz, ouvia apenas passos.

E anda-que-anda-que-anda-que-anda...

— Aff, essas bolhas ardem horrores por causa do suor, passava as mãos enfaixadas para enxugar o rosto. As gazes estavam nojentas de tanta sujeira.

Assim como o precipício, a Cueva-Eva também parecia não ter fim.

De vez em quando, Yunet enfiava a mão no bolso do vestido e tirava uma daquelas balas de menta.

— Hora da refeição, Sisí!

— Por que você tá me enchendo dessa bala, hein?

— Não gosta mais, querida?

— Não sou sua querida, Yunet-Bastet-falsiane. É claro que eu gosto! Sempre adorei essa bala, mas chega, já deu, né?!

— Acredite, é para o seu bem.

— Até parece... Tá bom! Tá bom! Me dá aí, vai! — disse emburrada.

— Por favor, silêncio! — Surika interrompeu o bate-boca.

Todos se calaram.

Chegaram ao que parecia ser o fim da Cueva-Eva.

Fim do caminho e cadê o meu pai? Antigo Egito? Pirâmides? É um beco sem saída? Uma armadilha? O que vai acontecer comigo? Preciso achar um jeito de vazar daqui.

Surika bateu o cajado no chão.

— Evlas, Ecilana! Evlas, Ecilana! Evlas, Ecilana! — Todos gritaram.

Aff! De novo a maldita gritaria?

— Daqui para frente é só você, Sisí — disse Surika. — Sie a Aroh!

Neste momento, o chão tremeu. Todos cambalearam.

— Saudações, Surika! — disse uma voz cavernosa.

— Saudações, Cueva-Eva! Trouxe uma pessoa para você! — Puxou Sisí pelo braço sem que ela quisesse ir, fazendo força ao contrário para soltar-se.

— Ela é uma criança! — disse a Cueva-Eva.

— Criança é a vovozinha! — fez malcriação. — Pois fique sabendo: hoje faço treze anos!

No mesmíssimo instante, a caverna começou a girar em alta velocidade, centrifugando o Povo-Juba-Vermelha, Akirus e Yunet, que grudaram na parede da Cueva-Eva. Sisí permaneceu fixa ao centro.

Quando a Cueva-Eva parou de rodar, ela conseguiu ver por entre os cabelos desgrenhados a entrada de sete grutas. De dentro delas, saía o que parecia ser fumaça, cada uma de uma cor, formando um arco-íris.

— Ahnev! Ahnev! Ahnev! — disseram as mulheres divas que saíram das grutas cantando e fazendo movimentos que parecia ser dança do ventre.

Uma, duas, três... sete.

Surika fez um sinal para Sisí escolher uma gruta.

— Tipo uni-duni-tê?!

Não recebeu resposta.

Vou escolher qualquer uma. Melhor ficar livre dos dois malucos.

Sem olhar para ninguém, deu a mão para a dançarina de azul e entrou na gruta.

Será que tô no céu? Tá tudo azul.

Aos poucos, os olhos foram se acostumando ao azul daquele lugar. Pôde reparar a dançarina. Ela usava um vestido longo, azul, todo enfeitado de fitas vermelhas. Na cabeça, um tipo de touca com chifres. Sorriu. Parecia simpática, além de muito bonita.

— Aceita? — ofereceu-lhe uma taça cheia de um líquido branco.

Parece... leite?

Tomou.

Gostoso, mas... ficaria beeeeem melhor com uma colherada cheia de achocolatado.

Imediatamente, a dançarina e a fumaça azul desapareceram.

Olhou em volta para tentar descobrir que lugar era aquele. Viu um armário azul-celeste lotado de gavetinhas. Não dava para ver o final dele, nem para o alto e nem para os lados. Abriu a gaveta que exibia a frase em vermelho: É só chamar. Tirou lá de dentro uma campainha igual a do Oráculo das Chaves.

Nunca ouvi a campainha do Oráculo das Chaves tocar? Também... lá não entra ninguém além do Esquisito, o rosto esquentou e as bolhas arderam.

— Droga! Por causa dele, eu tô aqui, mais perdida que criança em shopping. — Bateu forte a mão enfaixada na campainha, provocando um som metálico. O aiiiiiiiiiii e o trrriiiiiim se misturaram, pois gritou de dor nas bolhas.

Na mesma hora, pulou uma coisa desengonçada de uma das gavetas e...

— Será que posso ajudar? — disse uma voz fininha que dava impressão de ter saído da boca de um personagem de desenho animado.

— Hã? — Sisí forçou os olhos para entender aquilo. — Eu, hein?

Não parecia nem homem, nem mulher; nem alto, nem baixo; nem gordo, nem magro; nem amarelo, nem verde; nem adulto, nem criança; nem feio, nem bonito. E para piorar a situação, aquela coisa desaparecia e aparecia em outro lugar, assim ó, do nada.

— Ô, o que é v-você? — gaguejou Sisí.

— Ah! Não vale fazer pergunta difícil. Será que você nunca teve uma de nós por perto? Será? Será? — Fez um som cabuloso que parecia uma cruza de risada com apito.

— Eu? Eu não! De esquisito já basta o Esquisito.

Aquela coisa desconjuntada risapitou de novo.

— Nós estamos em todos os lugares de todos os mundos. Vou fazer uma pergunta: Sisí, será que você morreu?

— Ou será que você não morreu? — disse mais uma coisa que saiu de outra gaveta.

Que criaturas mais bizonhas, pensou lá com suas bolhas de sangue.

— Será que está perdida? — disse a de cabelo roxo.

— Ou será que não está perdida? — disse a de cabelo branco.

— Será que o pai dela está aqui? — repetiu a primeira.

— Ou será que o pai dela não está aqui? — repetiu a segunda.

— Será que ela tem 13 anos? — perguntou outra vez a de cabelo roxo.

— Ou será que ela não tem 13 anos? — perguntou outra vez a de cabelo branco.

— SERÁ QUE vocês podem calar a boca? Ôoooou, estão me deixando tontinha. — Tapou os ouvidos.

Mas elas continuaram a lenga-lenga:

— Será que ela ainda quer o anel da mãe? — disse a de cabelo roxo.

— Ou será que ela não quer mais o anel da mãe? — disse a de cabelo branco.

Sisí parou de respirar por um segundo e engasgou com a própria saliva. O rosto queimou e os olhos arderam.

— Espere aí, suas... suas... Vocês falaram... anel da minha mãe? O que sabem sobre ela e o anel?

As coisas mudavam de forma e lugar o tempo todo. Uma hora a boca aparecia no lugar do nariz, os ouvidos no lugar dos olhos, os braços no lugar das pernas, o cabelo no lugar das mãos... Ora ficavam engraçadas, ora medonhas... Muito rápidas, não conseguia acompanhar os movimentos delas que, inesperadamente, mergulharam em uma das gavetas do armário como se mergulha em uma piscina. Mas no instante seguinte...

— Pudiiiiiiiii! Achamos você, Sisí! — apareceu uma de cada lado.

— Querem me matar de susto, ô?!

— Será este anel? — disse a do cabelo roxo, agora a boca no lugar do joelho.

— Será este anel? — disse a de cabelo branco, agora a boca no lugar do nariz.

E mostraram as mãos lotadas de anéis, desta vez, no lugar dos bumbuns.

— Nem te ligo, farinha de trigo! Pois fiquem sabendo, suas coisinhas irritantes, o meu pai vendeu o anel há um tempão! Ele me disse antes de sumir do escritório.

As coisas começaram a brincar como se nada tivessem ouvido.

— A mamãe mandou bater neste daqui, mas ela é teimosa e escolheu este daqui! — fizeram coro.

Ao mostrar os anéis, a dupla risapitava de chorar e rolar no chão.

Que ridículas.

— Será que o pai dela vendeu o anel? — disse a do cabelo roxo.

— Ou será que o pai dela não vendeu o anel? — disse a do cabelo branco.

Ah, não, que droga.

— Droga! Querem parar a brincadeira sem graça de será-será? Não quero mais saber de nenhum anel. Eu quero é sair daqui. Pronto, falei.

— Será que ela consegue sair daqui sem o anel? — recomeçou a do cabelo roxo.

— Será que ela não consegue sair daqui sem o anel? — continuou a do cabelo branco.

— Ah, não! De novo esse enjoamento de "será... será"? Vocês são *insuporchatas*! Pra mim, deu! Fui! — disse Sisí dando as costas para elas.

Ué, cadê a saída da gruta?

— Quer saber onde está o anel, Maria Isabel? — disse a do cabelo roxo.

— Ou não quer saber onde está o anel, Maria Isabel? — disse a do cabelo branco.

— Chega, vocês venceram, suas malas-sem- alça! Quero saber onde tá a meleca do anel, suas pragas do Egito! — gritou para se livrar das coisas insuportáveis.

— Será que vai conseguir o anel? — disse a do cabelo roxo.

— Será que não vai conseguir o anel? — disse a do cabelo branco.

Então, abriram as mãos que, naquele instante, ocupavam o lugar das línguas. Mostraram pedras coloridas e muito brilhosas.

— Será que ela vai acertar a ordem correta das pedras do anel? — disse a do cabelo roxo.

— Ou será que ela não vai acertar a ordem correta das pedras do anel? — disse a do cabelo branco.

— Aff! Cansei de vocês, suas... sem-noção! — cruzou os braços.

— Será safira, ametista, brilhante, esmeralda e rubi? — disse a do cabelo roxo.

— Ou será brilhante, ametista, rubi, esmeralda e safira? — disse a do cabelo branco.

Haja paciência pra aguentar.

As coisas jogaram as pedras para o alto. Elas abriram asinhas transparentes e voaram pela gruta. Poderiam ser confundidas com libélulas. Em seguida, pousaram dentro de uma nova gaveta que se abriu para elas. Sisí espiou e ficou a imaginar a ordem das pedras, enquanto as chatonildas dançavam e cantavam em volta:

— Não sabe, não sabe, vai ter que aprender! Orelha de burro, cabeça de ET!

— Vocês estão noiadas? Só pode! — irritou-se ainda mais.

Uma olhou para a outra, trocaram as bocas entre si e continuaram:

— Não sabe, não sabe, vai ter que aprender! Orelha de burro, cabeça de ET!

— Fechem a maldita boca! Preciso de silêncio pra pensar, né?! — irritou-se de novo.

Elas pularam uma no colo da outra e trocaram as cabeças.

— Não achei a menor graça — disse Sisí, voltando os olhos para as pedras na gaveta.

Hummm... Porta azul... Fumaça azul... Armário azul... Vestido azul...

— Já sei! Eu escolho a ordem, e começa pela azul! — ela apontou para as pedrinhas voadoras.

Outra gaveta se abriu. Uma argola dourada pulou de lá e se enfiou no dedo-maior-de-todos da mão direita de Sisí.

Instantaneamente tudo desapareceu.

O que tá acontecendo aqui?

Desorientada, correu pelo nada até trombar em...

Capítulo XIII

— O que faz aqui? Como conseguiu chegar? Entrou no cofre-cinza?

— Calma, Sisí, calma!

— Veio me procurar?

— Não procurei por VOCÊ, eu monitoro VOCÊ o tempo todo.

— Hã? Bugou também?

— Quero dizer que na escola sou a diretora, na sua casa sou Yunet e aqui sou Bastet... — Abriu os braços para recebê-la.

— M-mas então...

Sem explicações, correu para os braços da diretora, dona Etitrefen, conhecida pelos alunos por tia Eti. O vai-e-vem de abraços parecia não ter fim.

Vontade de ficar assim pra sempre, desejou Sisí.

— Sonhei durante anos poder abraçá-la, minha protegida — exclamou tia Eti.

Permaneceram assim até que...

— Tia Eti... Posso morar na sua casa, ser sua filha e te chamar de mãe?

— Quero ouvir você me chamar de mãe pelo resto da minha...

As duas deram mais trocentos abraçeijos. Riam e choravam ao mesmo tempo.

Não demorou muito para Sisí abrir o perguntador:

— Vem cá, então, você, Yunet e Bastet são a mesma pessoa? Jurava que Yunet era da turma dos leões.

— Confesso que é um pouco confuso — disse tia Eti.

— Minha cabeça ficou ainda mais embaralhada depois que conheci as coisas da gruta azul.

— Elas têm o jeito brincalhão, mas são guardiãs da Cueva-Eva, junto com a sacerdotisa de Rohtah, mãe das mães, a mulher que oferece leite. Nas grutas, só entram quem recebe o sim dela, representado por uma taça cheia de leite. Deu para entender?

É muito blá-blá-blá pra minha cabeça.

— Entendi mais ou menos. Mas tia Eti, você tá ligada que Surika e os leões devoraram o meu pai e querem fazer o mesmo comigo?

— E quem disse que eles querem te devorar, Sisí?

— Ninguém, eu saquei! Faço 13 anos hoje, e não sou boba.

A diretora fechou a cara na hora. Levantou os braços e...

— Mahnev soriehnapmoc! — disse tia Eti parecendo falar a mesma língua de Surika.

Ah, não.

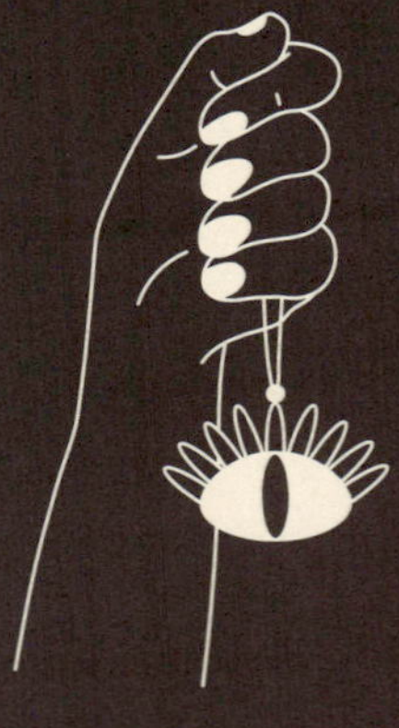

Capítulo XIV

Em instantes, para o desespero de Sisí, os leões voltaram. Rugidos vinham de todos os lados.

— Ah, nãããããão! Droga! Você também tá envolvida na conspiração?! — afastou-se rápido da diretora.

Surika sentou-se sobre as patas como se fosse um gatinho de quintal. Os leões, um a um, pularam em cima dele e desapareceram. Ao mesmo tempo, Surika foi crescendo... Crescendo... Até se transformar em um leão gigante. O rugido dele, de doer os ouvidos.

— Vamos, minha querida! — tia Eti puxou-a pela mão.

— Não toque em mim, tia... Eti! Não vou acompanhá-la nem morta atrás da porta! E pare de me chamar de minha querida! — fez vozinha de chata.

— Mas minha querida...

— Já não falei pra não me chamar assim?!

A discussão só parou quando um bafo esquentou o pescoço de Sisí, ao mesmo tempo em que os pés deixaram o chão. Gritou e esperneou horrores na boca de Surika até que ele a colocou nas próprias costas.

De lá, ela viu quando ele abriu as asas. Rugiu de novo e mais forte. Voou.

Meu Deus, o que será de mim?

Agarrada à juba, via, apavorada, o leão voar cada vez mais alto e rápido em direção ao teto da caverna. E mais alto... mais alto... e...

— Vamos bateeeeeeeeeer!

Capítulo XV

A luz do dia ardeu os olhos de Sisí como se mosquitinhos distraídos tivessem batido neles. As pálpebras se fecharam imediatamente. Esforçou-se para abri-las, mas sem sucesso. Usou toda a sua força para se segurar, agarrada à juba de Surika. A cada subida ou descida do leão-de-asas, o estômago reclamava e dava cambalhotas.

Seria este o friozinho de descer uma montanha-russa que as patricinhas da escola contavam?

As bolhas de sangue do rosto e das mãos ardiam por causa do suor. Aos poucos, abriu os olhos. Desejou ter óculos de sol. Ao olhar para baixo, percebeu que voavam por cima do que parecia ser um mar de areia.

A tal história de ir para o Antigo Egito era mesmo verdade? Desejou abrir o perguntador, mas nem morta com farofa queria papo com aquela fera. Pensou em saltar ao voarem baixinho, mas conseguiria se virar naquele mundo de areia, sozinha, sem saber para onde ir? O coração batia no gogó. Imaginou-se caída, as bolhas estouradas e o sangue saindo pelas feridas. Fez a escolha.

Capítulo XVI

Ao pousarem, ela desceu rápido pela juba até o chão, antes que Surika a pegasse de novo pela boca. Tremia. As pernas estavam bambinhas. Quando olhou para aquele mar de areia... Uma gigantesca onda levantou-se do nada e veio em direção a eles fazendo um barulho terrível. Desesperada, quis subir de volta pela juba de Surika.

— Por favor, me põe de novo nas suas costas e voe! Vamos, rápido, rápido! A onda vai pegar a gente! — Sacudia, socava e chutava o enorme leão, como se não tivesse medo dele.

Alguma coisa puxou-a pela cintura a tempo de não ser engolida pela onda de areia. Virou-se.

— Agora está tudo bem, minha querida! — disse tia Eti.

— Ah, não! Você, não!? Ainda tem a cara de pau de falar comigo, sua... sua falsiane? — gritou empurrando-a várias vezes.

— Olhe! Chegamos! — Tia Eti parecia não estar nem aí para os empurrões.

Sisí voltou o olhar para Surika. A onda transformou-o em um leão que parecia ser de areia.

— O que aconteceu com ele? — perguntou para si mesma em voz alta.

— Voltou a ser o Guardião-dos-Templos-de-Notateka — disse tia Eti sem ter sido solicitada. — Ele toma a forma física quando é necessário.

— Por acaso eu tô te perguntando alguma coisa, sua intrometida?

— Larga a mão de ser mal-agradecida, Sisí, acabei de salvá-la...

Sisí sacudiu os ombros e deu as costas para ela.

Tô mesmo no Antigo Egito? Que viagem... Bom, pelo menos leões de areia não comem gente, a não ser que... Yunet-Bastet-diretora-falsiane chame mais amiguinhos devoradores de pais e filhas. Depois de tudo que passei desde que entrei no cofre-cinza, acho que já perdi o medo de escuro e talvez de... leões?

O rosto queimou e as bolhas arderam.

— Tia Eti, você tá esperando eu correr pra chamar mais leões? Assim é mais divertido? Quer que eu chame a sua galera, quer, quer? Pois venham logo, podem me comer! Acho que já morri mesmo! O que tá esperando, sua traidora?

Segundos depois, viu tia Eti virar as costas e ir embora sem olhar para trás. Quando ela sumiu naquele mundo de areia, desconfiou que, se ficasse sozinha ali, seria para lá de tenso. Correu para alcançá-la. Seria mais fácil se não fosse pela dificuldade em andar com os tênis e as meias lotadas de areia.

Enquanto isso, tia Eti parecia voar, pois subia e descia as dunas de areia rapidinho.

Droga, acho que nunca vou alcançar a Yunet-Bastet-diretora-falsiane. Quanto mais eu ando, mais ela parece longe.

O coração acelerou. Mal conseguia respirar. Nunca suou tanto na vida. As bolhas ardiam horrores! As faixas enroladas nas mãos davam nojo de tão sujas. Achou melhor tirar aquela meleca, pois não tapava mais nada. Dava para ver o sangue balançando dentro da pele estufada das bolhas das mãos. As do rosto queimavam muito, pois no céu não havia nem uma nuvenzinha para esconder o sol forte do deserto.

Nem a pau queria dar ideia para a tia Eti, afinal, a traíra não merecia perdão. Mas precisava segui-la para chegar a algum lugar e pedir socorro.

Queria não sentir calor também, já que não tenho fome, sede, vontade de fazer o número um ou dois. Que saco, não adianta reclamar. É melhor andar mais rápido pra não perdê-la de vista.

E sobe duna, desce duna... Sobe duna, desce duna...

Após uma boa caminhada, o sol deu tchau. No lugar dele, uma baita lua dourada apareceu no céu. O vento ficou frio, e de frio para gelado. Infelizmente, não tinha um casaco. O jeito foi tirar o braço das mangas e se abraçar por debaixo da blusa.

Viu quando tia Eti parou.

Eita, vai voltar e pedir desculpas? Pensou por um instante.

Nada aconteceu.

De longe, impossível saber se ela permanecia de pé ou sentada na areia.

Nossa, tô destruída de cansaço.

Sentou-se toda encolhida para se proteger do frio. Os olhos cada vez mais pesados... alertou-se quando alguma coisa mais gelada que o vento tocou-lhe as pernas.

Capítulo XVII

Viu uma enorme serpente, cabeça em pé, se balançando pra lá e pra cá, talvez desejando hipnotizá-la. Aterrorizada, desviou o olhar do animal.

— Sssisssí, Sssisssí, não tenha medo! Sssaudaçççõesss! Vocccê precccisssa de minha ajuda para chegar à Notateka. E eu precccissso do ssseu abraçççо! Vamosss! Não temosss muito tempo! Sssó asssim vocccê consssseguirá sssobreviver!

Olhou de volta para a serpente. Viu uma pedra azul, que brilhava e girava entre os olhos dela.

— Sssisssí, ssseu tempo essstá no fim. Cassso contrário, passsará a eternidade nasss areiasss. Ssserá entregue ao Povo-do-Dessserto.

Talvez hipnotizada, visualizou dentro da pedra azul, o tal Povo-do-Deserto. Arrepiou os cabelos por causa dos escorpiões, lagartos, serpentes, aranhas horrendas, ondas de areia e bichos que nunca imaginou na vida. Mordeu os lábios. Os olhos pareciam querer saltar das órbitas. Nervosa, apertou a serpente a ponto de esmagá-la, esquecendo-se das bolhas das mãos.

— Issso messsmo, Sssisí! Issso messsmo!

Feche osss seusss olhosss! Sssinta o gelo! É o frio da morte, Sssisssí!

A dor nas bolhas foi tão insuportável que a cabeça rodou, as tripas deram um nó e as mãos ficaram molhadas.

Lembrou-se, horrorizada, de que perderia todo o sangue do corpo caso as bolhas furassem. Passou um filme na cabeça de tudo que viveu em treze anos. Sem ter o que fazer... entregou-se.

Capítulo XVIII

A claridade a incomodou. Percebeu-se esticada na areia. Esfregou os olhos e passou as mãos pelo rosto. Pela primeira vez na vida, as bolhas das mãos não doeram, pois haviam desaparecido. Quase teve um piripaque. O que sentiu parecia ser uma cruza entre susto e alegria.

Agora eu tenho certeza absoluta de que morri. Morri?

Procurou pela tia Eti ao longe, mas ela havia desaparecido de vista. Foi quando um objeto, caído ao lado, chamou-lhe a atenção. Ficou de pé e aproximou-se. A serpente havia se transformado em um cabo de vassoura torto. Entre os olhos do animal ainda girava a pedra azul brilhante. Achou melhor não mexer naquilo. Todavia, ela começou a brilhar cada vez mais... mais... mais e... bummmmm! Os cacos voaram para todo lado. Um deles acertou-lhe a mão do anel que,imediatamente, pirou. O dedo-fura-bolo começou a escrever palavras desconhecidas no ar.

Quis pará-la com a outra mão, mas... deu ruim, pois uma força a empurrava para trás. Apavorada, sem poder fazer nada, apenas observou.

Quando, finalmente, a mão voltou ao normal, sem bolhas, viu a pedra azul encaixada em um dos buraquinhos da argola dourada no dedo da mão direita. Os outros quatro continuavam vazios.

Tudo aquilo parecia muito louco para quem tem apenas 13 anos.

Olhou para o vazio.

— *cocofacoagora?*

Permaneceu como um poste fincado no meio do deserto.

Entretanto, não demorou muito tempo para perder o equilíbrio e cair. Levantou-se. Perdeu o equilíbrio de novo. Levantou-se. Caiu mais uma vez. Custou a entender que a areia se mexia debaixo dos pés, dando-lhe a sensação de tontura.

Ai, ai, ai, vai que é outra onda, desesperou-se.

Pulou para o lado. Franziu a testa ao ver que alguma coisa andava por baixo da areia.

Eu, hein, o que será isto?

Sem outra opção, resolveu segui-la na esperança de chegar a algum lugar. Precisava correr, pois o rastro era rápido. Depois de muito andar, exausta... não chegou a lugar nenhum. O rastro parou. Não demorou para um montinho de areia borbulhar e, enfim, ele dar as caras. Surpreendeu-se ao descobrir quem era o misterioso rastro: um bichinho peludo que lembrava um coelho, porém sem olhos e orelhas. Mais parecia uma barata tonta.

Fui uma idiota, riu do próprio vacilo.

Logo, ele se enfiou de novo na areia e rachou fora.

Lascou, tô mais perdida que antes. Fui super-mega-otária em seguir um... bichinho.

— Dãããããããã!— deu um tapa na testa. *E agora? E o Povo-do-Deserto?*

Arrepiou-se todinha. As tripas deram um nó. A boca secou. Gritou furiosa:

— Eu vou conseguir, escutou Yunet-Bastet-diretora-falsiane?! Escutou, Sr. Notaneka? Pois fiquem sabendo: apesar de só ter 13 anos, vou sair daqui sem a ajuda de vocês, estão ouvindo? Não tenho mais medo de morrer, afinal, já morri *deusilhões* de vezes desde que cheguei neste mundo maluco...

Olhou para as mãos sem as terríveis e dolorosas bolhas... As chaves tatuadas no braço... A areia que parecia não ter fim... Caiu de joelhos. As lágrimas escorriam pelo rosto.

— Mãe, por favor, me ajude! Não sei onde a senhora tá, mas vai que pode me ouvir?!

Fechou os olhos para imaginar a mãe.

Um ventinho perfumado passou pelo corpo e uma voz gostosa sussurrou dentro da cabeça:

"Toda vez que sentir o leve acariciar da brisa em seu rosto, lembre-se de que sou eu a te beijar."

Aquela voz acalmou o seu coração.

Ao abrir os olhos, luzes douradas piscavam onde a areia e o céu se juntavam.

Uau, a minha mãe tá falando comigo?

Esfregou as mãos sem bolhas, encarou a enorme duna de areia e, tiltada, subiu auxiliada pela ex-serpente, agora um cajado. A areia fina que entrava nos tênis continuava sendo o-ó-do-bobó de incômodo para andar.

O vento forte levantava a areia e lhe dava lambadas ardidas no corpo, além de entrar nos olhos.

Quando, enfim, chegou ao topo da duna, bufando de cansaço... Descobriu que as luzes douradas eram o reflexo de alguma coisa lá embaixo, escondida entre as árvores. Não dava para ver o que era exatamente. O coração disparou.

Mãe? Você me ouviu? Tá aí? Será...?

Desconfiada, olhava para todos os lados. De novo, aquele ventinho gostoso e perfumado beijou-lhe o rosto. Sem pensar duas vezes, arrancou os tênis e desceu a duna escorregando de bumbum... rolando... caindo... capotando na areia fofa... até parar ao pé de uma árvore.

Olhou para cima. O céu rodava.

Ô vontade de vomitar...

Ficou quieta por algum tempo. Quando conseguiu ficar de pé, descobriu o que as árvores, coladinhas umas às outras, pareciam esconder.

Capítulo XIX

Uma pirâmide dourada...? Uau, que coisa maravilhosa. Nunca imaginei na vida chegar perto de uma, mas já que tô aqui... Bora lá bisbilhotar. Quem sabe a minha mãe tá aí dentro?

Aproximou-se mais.

Aff, as árvores cresceram muito juntinhas, não passa nem um pum entre elas. Só se eu... Ok, Google: como subir em árvore? Caramba,elas são super-hiper-altas! Só saberei se...

Não deu conta de subir nem nos galhos mais baixos. Olhou para o vazio.

— *cocofacoagora?*

Um barulho chamou-lhe a atenção.

O que é aquilo?

Viu por uma pequena fresta entre as árvores um pássaro da mesma cor da pirâmide pousado em um galho.

Quando ele batia as asas, um pó dourado caía e desaparecia no ar. Talvez tenha sido as luzes que viu de longe e pensou ser um sinal da mãe.

Será ouro?

Nisso, as árvores começaram a se balançar. Passarinhos voaram pra tudo que é lado. Mais uma vez, a terra se mexeu debaixo dos pés.

Outro bichinho sem olho e orelha? Não caio mais na pegadinha, riu.

O chão tremeu mais forte e o som foi ensurdecedor.

Terremoto? Areia movediça? Fim do mundo?

Agarrou-se ao tronco de uma das árvores. Ela quase tombava pra cá... quase tombava pra lá...

Não, não vou aguentar me segurar por mu-mu-muiii-toooo tempo...

Raízes começaram a sair de dentro da terra e, em seguida, as árvores andavam como se tivessem pés cheios de dedos. Um galho agarrou-a pela manga da blusa.

No mesmo instante, lembrou-se do pai, do Esquisito e da Yunet-Bastet-diretora-falsiane. Por culpa deles, enfrentava aquele mundo maluco, desta vez dependurada em uma árvore andante. O corpo contraiu-se. O estômago revirou.

E agora, espernear, gritar ou rezar? Melhor ficar quieta, pois a blusa pode...

Foi só pensar. Despencou que nem uma fruta.

Só não deu ruim porque outro galho conseguiu agarrá-la antes que se esborrachasse.

Ufa, que susto. Minha nossa, o que tá acontecendo aqui? Pensou após ser colocada no chão.

As árvores, totalmente atrapalhadas, andavam trombando umas nas outras, mexendo os galhos e folhas. Aproveitou o vuco-vuco delas para procurar uma entrada para a pirâmide. Nada. Fez toc-toc nas paredes. Nada. Cheia de curiosidade, olhou pedacinho por pedacinho. Colou o ouvido na parede da pirâmide. Nada também. Desanimada, sentou-se no chão procurando uma saída, ops, uma entrada.

Entretanto, neste momento, o Pássaro-Dourado voltou a bater as asas e...

— Seja bem-vinda à Notateka, Sisí! Peço desculpas pela confusão das Verdeanas, nossas amigas do Mundo-Oculto-das- Plantas — disse o Pássaro-Dourado.

Em seguida, as árvores dobraram os troncos parecendo cumprimentá-lo.

— Quem é você? Ah pronto, também sabe o meu nome? — perguntou Sisí.

É muita esquisitice pro meu gosto.

Nem esperou a resposta.

— Verdeanas são estas árvores malucas que andam?

Elas se sacudiram de um jeito muito doido, talvez... estivessem mal-humoradas ou ofendidas.

— Verdeanas, é quase noite! Façam o que é preciso — disse o Pássaro-Dourado.

Imediatamente, elas rodearam a pirâmide, misturaram galhos, folhas e a esconderam de novo. No escuro e exausta, Sisí sentou-se antes que trombasse em alguma Verdeana. Abraçou as pernas na tentativa de se aquecer um pouco, pois batia o queixo de tanto frio.

Não resistiu ao sono.

Acordou ao levar um solavanco no corpo. Ensopada de suor, lembrou-se de ter sonhado com leões, precipícios, cavernas e... o Encapuzado, que tirava o capuz exatamente no momento em que acordou.

Assustou-se ao se mexer na cama e perceber que era feita de galhos de árvore e coberta por folhas. Quando olhou para baixo, o susto foi daqueles!

Que doido, de que jeito vim parar aqui no alto?

— Saudações, Sisí! — disse o Pássaro-Dourado, pousado em outro galho. — Você deve ter desmaiado de cansaço, pois nem percebeu uma das Verdeanas colocá-la na cama improvisada, afinal, o deserto é gelado à noite!

— É, eu apaguei — disse Sisí.

— Está preparada para uma grandiosa e gloriosa aventura? — perguntou o Pássaro-Dourado.

No mesmo instante, um raio de sol direto no olho a fez apertar as pálpebras. Quando as abriu...

Encontrava-se, agora, dentro da pirâmide dourada.

O que aconteceu? Observou tudo à volta.

Viu as Verdeanas do lado de fora, sem entender como aquilo acontecia, pois o contrário não era possível. Lá dentro, as paredes brilhavam muito! Tudo brilhava muito. Até o ar brilhava.

No centro da pirâmide dourada, havia uma cadeira de encosto alto. Não demorou a se virar.

— Saudações, Ecilana!, mais conhecida por... Sisí! — Levantou-se uma criatura bizarra, corpo de gente e cara de passarinho-de-pena-azul-calcinha.

— Não precisa ter medo de mim! — disse a criatura parecendo ser calma.

— E quem disse que tô com medo? — respondeu meio mal-humorada. — Não me assusto mais a toda hora, depois de ter entrado no cofre-cinza do meu pai!

— Melhor assim para todos nós. Seja bem-vinda! Meu nome é Sibí! Sou o criador da escrita no Antigo Egito.

Ah, então aquilo na mão dele deve ser uma caneta mega antiga!

— Sisí, preste atenção: chegou a hora de você conhecer algumas verdades.

— Ou, demorou, hein?! — Apertou os lábios.

Ele estalou os dedos e...

Rop rovaf, son-adnocse, Verdeanas!

As árvores mais uma vez tamparam a pirâmide dourada, talvez para ninguém ouvir as tais verdades. Pareciam agitadas. Só um tiquinho de sol passava entre elas. Contudo, ainda dava para ver, mais ou menos, a cara do passarinho-de-pena-azul-calcinha. Então, ele colocou uma mão na testa e a outra na nuca. Permaneceu assim por alguns instantes até quebrar o silêncio:

— Rop rovaf, oicnêlis, Verdeanas! — disse palavras estranhas, assim como todos naquele mundo.

As árvores pararam de mexer os galhos e folhas. Ele continuou:

— Sortsiger ed adiv e etrom ed Ecilana e Etitrefen, mahnev!

Na mesma hora, o Pássaro-Dourado, antes do lado de fora da pirâmide, agora fazia um voo rasante do lado de dentro. No impulso, Sisí abaixou-se para se proteger.

Será que ele entrou aqui, tipo eu, sem saber de que jeito?

— Sisí, diga o seu nome três vezes — ordenou Sibí.

— Ué, pra quê? Todo o mundo sabe o meu nome...

— Não é hora de questionar. Apenas faça, por favor.

— Tá bom! Tá bom! — Irritou-se. — Analice, Analice, Analice.

O Pássaro-Dourado voava cada vez mais baixo... Mais baixo... Mais baixo... Surpresa, Sisí acompanhou ele virar um livro. E, aberto ao meio, pousou bem no alto de sua cabeça. Letras e desenhos estranhos caíam na mente, lembrando peixinhos mergulhando em um aquário. Em seguida, foram se juntando até surgir um tipo de ficha em uma tela mental:

Nome: Ecilana

Idade: 13 anos

Mãe: não revelado

Pai: não revelado

Missão: Guardiã das chaves do baú de Htoht

Inimigos: Encapuzado e exército

Aliados inimagináveis: O Mundo-Oculto-das-Plantas

Desafio: viver em dois mundos e salvá-los.

Vou abrir os olhos e parar de ver estas imagens dentro da minha cabeça.

Elas permaneceram, de olhos abertos ou fechados.

— Qual imagem você vê agora? — perguntou Sibí.

— Vejo uma mulher linda usando uma túnica branca e comprida. Pelo tamanho da barriga, ela deve estar esperando um bebê. Parece ser cega de um olho, pois ele é branco, não tem a bolinha colorida.

— Muito bom! E o que mais?

— Dois homens que parecem emburrados, estão ao lado dela. Usam apenas saias curtas. Agora, eles a pegam pelo braço e a carregam à força. Ela grita e tenta se soltar, mas não consegue. É empurrada pra dentro de uma porta. Tadinha, gente! Quem é ela? Não quero ver mais nada.

Tirou o livro da cabeça e segurou-o apertado entre as mãos, como se segurasse um passarinho para não voar. Mal conseguia respirar porque o coração batia muito rápido e forte.

— A maldade que acabei de assistir lembrou-me o tantão de vezes em que fui castigada pelo meu pai.

— Você decide! Entretanto, nunca conhecerá as verdades...

— Hummm... Não quero mais ver ruindades, mas também quero saber as verdades... Aff, tá bom, tá bom...!

Colocou o livro de volta na cabeça. A cena da mulher grávida reapareceu.

— Continue... — pediu Sibí.

— Ela se dobra apoiando a barriga nas mãos. Parece sentir dor. O seu rosto tá vermelhinho! Nossa, vai derreter de tanto suar, tadinha!

— Isso — disse Sibí.

— Vai demorar muito pra aparecer a tal verdade? — perguntou Sisí.

— Observe, Sisí, tem mais alguém na cena, além dos dois homens?

— Sim, no canto tem alguém... Mas espere aí... Ca-ram-ba! É o Encapuzado que vi batendo nos escravizados no Portal-dos-Leões!

— Você quer tentar ir até ele usando a mente?

— Não! Nem pensar...! E nem que eu conseguisse... Dele quero área!

— Excelente! Assim, você não corre perigo. Vamos, peça a ele que se mostre para você.

Ai, meu Deus, ele tá me vendo, não acredito...

— Ficou maluco, ou?! Tô fora!

— Peça em pensamento, Sisí.

— Aff, aí eu vou saber quem é o monstro?

— Acho que sim. Por favor, continue observando. O que está acontecendo?

— Ó, agora, a mulher segura um bebezinho no colo. Ele tá mamando no peito dela. O Encapuzado parece bravo demais. Anda pelo local esfregando as mãos... Minha nossa, ele arrancou o bebezinho dela! Ai, tadinho, ele abriu o bué! O Encapuzado tá gritando alguém que se chama Aia. Chegou uma moça e levou o bebezinho.

— Não pare de olhar. Não pare — disse Sibí.

— A mulher agarra a barra da roupa do Encapuzado. Ela chora muito e pede pra ele trazer o bebezinho de volta. Mas espere... O quê? Nuuuuuuu! Não acredito...! Sinistro demais, cara, ele deu um chute na barriga dela. Aff,ela gritou e caiu numa poça de sangue.

Isso só pode ser um filme de terror...

— E...? — insistiu Sibí.

— Agora ele tá falando com ela:

— Eu te avisei, Etitefren, minha querida irmãzinha, que eu seria o herdeiro do trono! E agora, você traz ao mundo uma herdeira para ocupar o meu lugar? Afinal, sou seu irmão e me sinto no direito de ser o próximo rei do Egito. Sua desobediência será o seu castigo. Nunca mais verá a princesinha! Ah, mais uma coisinha, ela será criada por mim em Daaz. Será a minha amada... filhinha! Olha só que maravilha!

— Por Nota, meu irmão, não faça nada de mal a ela, é uma criança inocente! Não tem culpa de ter nascido herdeira do trono do Egito.

— Quanta injustiça, minha querida irmãzinha! Você acha mesmo que o titio faria alguma maldade a ela? Ah, que cabecinha maldosa, Majestade! Fique tranquila! Prometo que ninguém chegará perto da linda princesinha em Daaz. E, para garantir a segurança, cuidarei dos detalhes.

— Meu irmão, eu te imploro, poupe a minha filha! Ela é inocente!

— Que pena, maninha! Eu preparei uma maravilhosa fórmula, feita de seiva de Arieora, para usar no lindo rostinho e mãozinhas da ex-futura-rainha-do-Egito.

— Você enlouqueceu, meu irmão? As Arieoras foram expulsas há anos de Notateka! Isso aconteceu desde que a seiva venenosa delas foi parar nos meus cremes, causando a cegueira do meu olho esquerdo.

— Ir-mã-zi-nha do meu co-ra-ção! Se você acha que uma pessoa é louca por desejar o poder... Interessante o seu ponto de vista! Sinto muito, mas o trono é meu!

— Como conseguiu encontrar Arieoras?

— Não precisei fazer nenhum esforço. Elas nasceram em volta do meu humilde palácio. Você nunca me visita...!

— Você não é inocente, sabe muito bem o que elas provocam na pele — disse Etitrefen aos prantos.

— Não me diga que são bolhas de sangue ardidas e fedorentas?! — deu uma gargalhada. — Acertei? Viu, sou um tio preocupado! Assim, ninguém chegará ou ficará perto dela por muito tempo. Ah, já ia me esquecendo... Adivinha quem colocou, claro, sem querer, veneno de Arieoras nos seus cremes?

— Você é um monstro!

— Obrigado pelo elogio, irmãzinha! Partiremos em breve!

— Nããããããããããão! Por favor, não, meu irmão, eu te imploro! Eu passo o trono para você!

— Não tente me fazer de bobo, Etitrefen. Sei muito bem que quando ela fizer 13 anos, será coroada Rainha do Egito. Receberá de presente o seu anel e sete chaves tatuadas no braço. Estou cansado de saber que elas abrem o Portal-dos-Leões e os seis baús que guardam o livro de Htoht, que contém todos os segredos do céu e da terra. E esse é o meu objetivo: dominar tudo e todos. Assim que o livro estiver em minhas mãos, enfim, serei o novo rei!

— E tem mais, ordeno que o idiota do seu marido, Notaneka, obrigue os melhores artesãos do Egito a fazer chaves que possam abrir a grande muralha de cristal azul que separa as cidades de Notateka de Sabet. Assim, eu e meu exército invadiremos os dois mundos, antes mesmo de encontrar o livro de Htoht.

— Sibí, agora o encapuzado bateu algumas palmas. Os mesmos caras só de sainha trouxeram e empurraram um homem que caiu perto da mulher. Eles estão abraçados e choram muito — disse Sisí. Agora o Encapuzado parou ao lado do tal homem e tá falando com ele:

— Notaneka, quer parar o showzinho irritante? Preste atenção: daqui para frente, você terá que levar chaves para mim em Daaz, sempre no primeiro dia de lua cheia. Enquanto a praguinha-do-Egito não fizer treze anos... tentarei abrir a grande muralha de energia de cristal azul. Os deuses do Egito estarão do meu lado! Entretanto, se você não aparecer... adeus ex-herdeira-trono do Egito.

— Agora ele deu uma gargalhada horripilante e... Ah, não,vai tirar o capuz?!

Capítulo XX

Chocada com o que viu, Sisí saiu daquela tela mental como se tivesse sido empurrada. Sibí precisou segurá-la para não cair de costas no chão. Horrorizada, abriu o perguntador:

— M-Mas o Encapuzado é Olin, o meu pai?! Isto não pode ser verdade.

— Sinto muito, Sisí, mas é a triste verdade.

— Ca-ra-ca! F-Foi ele quem bateu nos escravizados...?!

— Infelizmente, sim.

— Espere aí... então, o meu pai é o Sr. Notaneka, o esquisito das balas? Foi ele quem escreveu o bilhete dizendo: "Te amo, você não tá sozinha e assinado papai"?

— Sim, Sisí, ele é o seu verdadeiro pai!

— Hã...?! Então... aquela mulher linda é a... m-minha mãe? O bebê que vi... sou eu?

— Exatamente! E você é o único ser capaz de abrir os seis baús, encontrar o livro de Htoht e salvar os mundos, pois é a verdadeira herdeira do trono do Antigo Egito.

— M-Mas isso explica muitas coisas, tipo assim: meu pai viajar e me deixar sozinha... me trancar no quarto escuro... não conversar comigo... me chamar de fedorenta...

— Sinto muito! — interrompeu Sibí.

— Caraca, agora entendo porque não tenho parentes e amigos no mundo.

— Isso não é verdade, Sisí. As Verdeanas sempre estiveram ao seu lado. São poderosas e servem fielmente aos reis do Egito, seus pais!

O passarinho-de-pena-azul-calcinha pirou de vez, só pode.

— Nunca vi uma árvore andando na rua...! — exclamou Sisí.

— Em Daaz, ninguém sabe ou desconfia da existência do Mundo-Oculto-das-Plantas... — disse Sibí.

Você nunca teve a sensação de estar sendo vigiada? Elas estão no passeio do sobrado... na escola... em frente a sala da diretora...

— Nem me fale da Yunet-Bastet-diretora-falsiane...

Lembrou-se de que, na escola, sempre sozinha no recreio, gostava de se deitar na rede pendurada entre duas árvores do jardim. Ali, sentia-se protegida, sem desconfiar de nada.

— Choquei! Nem sei se quero saber de mais verdades...

— Silêncio, por favor! — Sibí fechou os olhos, desenhou umas paradihas no ar usando o dedo e falou palavras nada a ver.

Sisí calou-se, mas os olhos quiseram saltar das órbitas ao ver dois homens atravessarem a parede da pirâmide dourada. Eles eram bonitos e altos. Usavam roupas brilhantes e cada um carregava na mão um cajado todo enfeitado de pedras brilhantes e fitas coloridas. Pararam de frente um para o outro e bateram o tal pau no chão algumas vezes.

Em seguida, surgiu um monte de gente também usando roupas coloridas e brilhosas, tocando uns instrumentos estranhos, cantando e dançando.

Até que o som é legalzinho, acompanhou o ritmo com os pés.

— Evlas Notaneka e Etitrefen! — disseram os homens.

Sisí reconheceu o Rei e a Rainha do Egito assim que eles atravessaram a parede da pirâmide dourada. Ao lado de cada um deles, uma Verdeana andava com aqueles estranhos pés-dedos-raiz.

Sibí fez um sinal pedindo silêncio. Na sequência, as duas Verdeanas misturaram os galhos e fizeram uma cadeirinha-de-fón-fón-pra-jogar-neném-no-chão. Os reis se sentaram.

— Sisí, aproxime-se! — pediu Sibí.

— Hã?! — gemeu Sisí.

— Chegue mais perto! — repetiu Sibí apontando o lugar.

Entretanto, os pés não obedeceram. Assustou-se quando um galho de Verdeana agarrou-a pela cintura e colocou-a de frente para os reis.

— M-mas eu...

Quando já ia abrir o perguntador... viu Etitrefen esfregar as mãos, como se enrolasse um brigadeiro. De lá de dentro, saiu flutuando uma bolha de luz transparente, do tamanho de um limão. No ar, a bolha começou a crescer... crescer... crescer... até ficar parecendo uma lua cheia e prateada.

Me amarrota porque eu tô passada. O que será isto?

Yunet, Bastet e a tia Eti saíram de dentro da bolha como se aquilo fosse a coisa mais normal do mundo. Elas simplesmente desfilaram pelo centro da pirâmide, entraram no corpo de Etitrefen e desapareceram. O que viu fez o estômago revirar dentro da barriga.

O que as traíras estavam fazendo ali? Perguntou já desconfiada da resposta.

— Saudações, Sibí! — disse Etitrefen com cara de Etitrefen mesmo, como se ninguém tivesse entrado dentro dela.

— Saudações, Sibí! — repetiu Notaneka.

Sibí se curvou para eles que repetiram o gesto.

Que saco esta cumprimentação sem fim. Explicação que é bom... nada.

— Chegue mais perto, Sisí — mandou Sibí mais uma vez.

Xi, ele deve ter lido o meu pensamento. Só se for para entrar em Etitrefen também, pois tô a um passo dela.

Fez o papel de poste. Entretanto, os olhos grudaram nos de Etitrefen. Não aguentou e explodiu:

— As maldades não acabaram, hein, Yunet-Bastet-diretora-falsiane-Etitrefen? Acabei de sacar que vocês são *best friends*! Qual é a de vocês, hein? O que querem de mim?

— Você, minha filha! — disse Etitrefen de braços abertos.

Atraída como se fosse um imã, Sisí grudou no abraço. Notaneka se juntou a elas. Só desgrudaram quando as Verdeanas, sempre desajeitadas, desfizeram a cadeirinha-de-fón-fón-pra-jogar-neném-no-chão sem avisar, derrubando os três. Embora caídos, riram muito, acompanhados das outras pessoas presentes.

As Verdeanas pareciam comemorar o encontro, pois se sacudiam que nem birutas. Deixavam cair tâmaras para tudo que é lado. Foi quando Sisí descobriu que as Verdeanas eram tamareiras, árvores chamadas de rainhas-do-deserto. Apesar de não ter fome, Sisí apanhou a tâmara que caiu no colo. Logo após, guardou-a no bolso da calça do uniforme.

— Filha, posso ver as chaves tatuadas em seu braço — pediu Notaneka, já de pé.

— Pode, p-pai — disse meio envergonhada de chamá-lo de pai. — Tive tanto medo quando acordei e vi as tatoos no meu braço, lá no quarto, antes de entrar no cofre-cinza...

— Posso imaginar, minha filha! As chaves foram muito bem tatuadas. Parabéns, Sibí, pelo trabalho de transferir as chaves da minha mala para o braço de nossa princesa! — disse Notaneka balançando a cabeça em sinal de aprovação.

— Obrigado, fiz o melhor que pude! — disse Sibí.

— E que bênção, minha filha, suas mãos não têm mais bolhas! — completou Etitrefen.

— É. Mas ainda tenho bolhas no rosto, m-mãe! — disse mãe do mesmo jeito sem graça que falou pai. — Você tem o remédio? Além da dor, fedem horrores! Nem eu aguento ficar perto de mim!

— Infelizmente não, minha princesa! Elas são causadas por veneno de Arieora, uma planta proibida aqui no Antigo Egito. Não conhecemos o antídoto. Sei o que é isto, querida, já sofri na pele esta dor. Reparou o meu olho?

— Sim, ele não tem a bolotinha colorida, né? Por quê?

— Mais tarde eu te conto tim-tim por tim-tim dessa história.

— Estou curiosa, mãe...! — disse encarando o olho branco.

— No entanto, filha, você precisa descansar antes de partir em busca das outras pedras do meu anel. Aliás, do seu anel, pois agora você já tem 13 anos. Ele pertence a você!

— Mas o meu pai vendeu o anel...!

— Tudo mentira! Olin nunca teve o anel! — esclareceu Etitrefen.

— Sério? — surpreendeu-se Sisí, levantando as sobrancelhas, abrindo a boca e deixando o queixo cair.

— Sim! Mas vamos deixar de conversa para você tomar um banho e descansar — disse Notaneka sorrindo.

Por um instante, pensou se deveria insistir na história do anel, mas resolveu mudar o assunto.

— Onde vocês moram?

— Aqui em Notateka. Temos uma passagem secreta que vai da pirâmide dourada para o nosso palácio. Vamos logo! — disse Etitrefen, esfregando as mãos de novo, criando outra bolha.

Desta vez, surgiu uma porta prateada. Assim que ela se abriu... todos entraram. As Verdeanas precisaram dobrar o tronco para passar pela porta do...

Logo, surpresa e curiosa percebeu do que se tratava.

— Um elevador?

— Sim, e que se move em todas as direções! — disse Etitrefen.

— Que doido, nunca vi um elevador assim — voltou o olhar para a mãe. — Não tem botões para escolher o andar?

— Ele é movido pela mente — disse Etitrefen. — tecnologia egípcia.

— Pô, da hora esse elevador de controle remoto, ou melhor, controle mental! — disse Sisí.

Todos riram.

Durante a viagem, abriu o perguntador.

— Vamos procurar as pedras do anel... amanhã?

Notaneka e Etitrefen trocaram olhares.

— Não vamos mais? — desconfiou da mudança de planos dos pais.

— Você vai! — disse Etitrefen olhando para a filha, depois para Notaneka e de novo para Sisí.

Ah, pronto, vai sobrar pra mim. Tô na bad.

— Sozinha? — franziu a boca.

— Somos prisioneiros de Olin, não podemos deixar o palácio. Se desobedecermos, podemos colocar em risco a sua segurança, filha — explicou Notaneka.

— Ele comanda o exército dos Povos-das-Amebas formado por: filhotes-de-cruz-credo, tijangolerês, mimimis, muquerelas, as vai-com-as-outras e lalixas.

— Estão prontos para invadir os dois mundos — disse Sibí entrando na conversa. — Enquanto você não encontrar todas as pedras do anel e descobrir a senha, não podemos fazer nada contra eles.

— Não quero voltar para o sobrado, por favor, quero morar aqui com vocês! — abraçou-os chorando muito.

— Olhe para mim, Sisí! — disse Etitrefen, enquanto segurava o rosto da filha entre as mãos. — Hoje, seria o dia da sua coroação, se não fosse pela ruindade do meu irmão invejoso. Aqui é o seu lugar, você entendeu, Sisí, entendeu?

— Sim, mãe! Tenho mesmo que ir procurar as pedras? E se eu não for? — disse aos soluços.

— Sim! Você precisa ir! — disse Etitrefen. — Por todos nós!

Xiiiiiii! Lascou.

— Tá bom, eu vou... Vou agora! — disse Sisí, cheia de opinião, segurando as lágrimas que insistiam em sair dos olhos.

— As Verdeanas serão a sua companhia e guarda — disse Notaneka, apontando para as árvores e ao mesmo tempo cochichando com Etitrefen.

Sisí franziu a boca de novo.

Quem cochicha, o rabo espicha, come pão com lagartixa. Será que ficarei protegida ao lado de duas árvores desajeitadas?

— São nossas aliadas fiéis — completou Sibí, talvez lendo o seu pensamento. E, tirou de dentro do bico, o que parecia ser um mapa. Sacudiu a baba do papel.

Eca, que nojinho, afastou-se um pouco dele.

— Verdeanas, vocês sabem o que fazer! — Notaneka entregou o mapa e o pacotinho das balas de menta. — Lembrem-se da importância de respeitar os horários de oferecê-las a Sisí.

Elas guardaram a bagagem entre as folhas.

A engenhoca que lembrava um elevador parou. Assim que a porta se abriu, os galhos empurraram Sisí pelo bumbum, talvez por aflição do lugar apertado.

— Quer fazer o favor de parar de me empurrar? Sua mãe não lhe deu educação, não? — xingou as Verdeanas.

Quando se virou para dar tchau... não tinha mais elevador.

Melhor assim, sem despedidas.

Capítulo XXI

Andou em silêncio por um tempo até que...

— Pedras do meu anel, aí vou eu! Quero ser coroada Rainha do Egito e salvar os mundos — Olhou para o... vazio. Mas, desta vez, sabendo o que devia fazer!

De tempos em tempos, as Verdeanas colocavam uma bala do Esquisito, ou melhor, do pai, na mão de Sisí.

Da hora esse negócio de não ter fome, sede, vontade de fazer o número um e número dois.

Desejou não sentir calor também. Mesmo protegida pela sombra das folhas das Verdeanas, o bafo quente do deserto fazia as bolhas de sangue do rosto arderem horrores.

— Fala sério, migas verdes, não aguento dar mais um passo... Não sou manteiga, mas tô derretendo!

As duas fizeram a conhecida cadeirinha-de-fón-fón--pra-jogar-neném-no-chão e a carregaram.

De tempos em tempos elas trocavam o tratamento VIP por empurrões no bumbum.

O sol já sumia atrás das dunas de areia quando viu, ao longe, o que parecia ser um pequeno lago azul.

— Morri! — Caiu de joelhos na areia.

Quando aceitei procurar as pedras do anel, achei que seria de boa na lagoa... Só que não.

As Verdeanas, percebendo que ela não conseguia ficar de pé, deram uma forcinha, carregando-a em seus braços, ops, galhos, até o lago.

Estou imaginando coisas? O lago é real?

Logo descobriu a verdade.

Ajoelhada à beira do lago, mãos em concha, jogou água nas bolhas do rosto. Por um instante, pensou ter escutado um *tisss*, igual ao de panela quente colocada na água.

Que tudo, é água de verdade.

Entretanto, viu pingar na água clarinha...

Hã? Nããããããããããããão, não pode ser verdade que...

O estômago deu um piripaque dentro da barriga. A cabeça rodou. Com cuidado, passou a mão no rosto e depois a encarou. Um líquido vermelho escorreu da mão para o braço. Foi quando percebeu que o sangue jorrava pelas bolhas furadas.

— Socoooooorro! — gritou desesperada. — Me ajudem, Verdeanas! Tô morrendo... Façam alguma coisa! Busquem ajuda!

Imediatamente, o lago azul virou um lago vermelho.

O coração batia na garganta, pois sabia que se as bolhas estourassem, perderia todo o sangue do corpo até morrer. A última coisa que deu conta de ver foi uma grande-mão-de-gosma-vermelha sair do lago e puxá-la para dentro.

Escutou vozes distantes:

— Lute, Sisí, você consegue! Não pare de lutar! Você consegue! Você consegue! Não pare de se mexer!

Quanto mais se debatia, mais aquela água engrossava... engrossava... até não conseguir mais se mexer. Mal podia respirar quando a colocaram de pé fora do lago.

"Não tô entendendo nada. O que é isto, gente?"

Mal acabou de pensar...

— Estou morrendo de fome! Preciso comer! O que você trouxe para trocar comigo, hein, hein? — disse a grande-mão-de-gosma-vermelha, tamborilando os dedões na areia do deserto.

— O que é você? — perguntou Sisí entre apavorada e curiosa.

— Sou uma Arieora — disse uma voz fantasmagórica.

— Oi? Ari o quê?

— Arieora. Somos as árvores expulsas do Mundo-Oculto-das-Plantas e de Notateka. Demos nosso veneno para o seu tio Olin.

Pelo jeito, sou mais conhecida aqui do que moeda de um real em Daaz.

— E...?

— E, em contato com a pele humana, provocam vermelhidão, coceira e bolhas de sangue incuráveis, se é que me entende... Seus pais nos castigaram e fomos obrigadas a viver escondidas no deserto.

— Bem-feito pra vocês! Mereceram.

— Chega de conversa! Preciso comer! Preciso comer! Preciso comer! Estou faminta! Vamos, me dê logo o que trouxe para mim — abriu a grande-mão-de-gosma-vermelha.

Eca, que nojenta.

Olhou para as Verdeanas em busca de uma dica. Elas não mexeram um galho para ajudar.

— Não me obrigue a... — nervosa, deu um soco no chão, espalhando areia para todo lado.

No susto, Sisí perdeu o equilíbrio e caiu.

E eu sei lá o que essa coisa quer?

A grande-mão-de-gosma-vermelha pendurou-a de cabeça para baixo e a sacudiu várias vezes, como se fosse um saleiro de temperar batata frita.

— Ou, me larga s-sua... s-sua... s-sua...

Neste momento, alguma coisa caiu do bolso da calça do uniforme. Aquela esquisitice nojenta soltou Sisí para ir atrás do objeto. Enquanto esfregava a cabeça por conta do tombo, a grande-mão-de-gosma-vermelha virou uma grande-boca-de-gosma-vermelha, cheia de dentes pontudos que lembravam a de um tubarão.

— Humm... a tâmara está divina! Que delícia! — disse de boca cheia e babando.

— Tâmara? Que mané tâmara, ô mão que fala?

— Não se faça de boba, menina, a que você trouxe no bolso da sua calça. E, em seguida, deu um arroto fedido, que lembrava cheiro de esgoto de rua, o mesmo das bolhas. Sisí sentiu ânsia de vômito.

— O caroço é todo seu! — a grande-boca-de-gosma--vermelha cuspiu-o na areia.

Assim que Sisí apanhou o caroço, ele se transformou em uma brilhante pedra roxa. Porém, como sabonete molhado na mão de criança, escapuliu. Ela girou no ar até diminuir... diminuir... diminuir... e se encaixar no anel, ao lado da pedra azul.

— Ah, agora me lembrei! As frutas das Verdeanas! Guardei a tâmara que caiu no meu colo lá na pirâmide dourada...!

— Preste atenção, Sisí, acabei de devolver para você a ametista que protegíamos para os reis do Egito, seus pais, antes de sermos enganadas pelo Encapuzado. O seu rosto também não tem mais bolhas, pois somos o próprio antídoto do veneno.

Sério? Será? Desejou que fosse verdade.

Passou as mãos pelo rosto.

Cara, e não é que é verdade? Adeusinho, bolhas fedorentas. Beijo na bunda e até segunda!

A felicidade foi tanta que saiu pulando e cantando:

— Olha, olha, olha, não tenho mais bolha! Olha, olha, olha, não tenho mais bolha! Olha, olha, olha, não tenho mais bolha!

Passados os primeiros minutos de euforia...

— Como posso agradecer, Ari...? — quis saber Sisí.

— Queremos o seu perdão para voltar ao Mundo-Oculto-das-Plantas e Notateka.

— M-Mas...

Princesas podem perdoar? Ainda nem fui coroada... Ah, vai que dá certo...? Não custa nada experimentar.

— Então lá vai: estão perdoadas! Simples assim! Podem voltar para o mundo de vocês!

Imediatamente, a grande-mão-de-gosma-vermelha voltou a ser uma Arieora. O lago ficou azul de novo. As Verdeanas vieram correndo e pareciam bater palmas com os galhos.

— Huhuuuuuuu! Deu certo! Viva eu, viva tu, viva o rabo do tatu! — Sisí comemorou aos pulos.

A Arieora dobrou o tronco, talvez em agradecimento e saiu correndo, toda desengonçada, apoiada nos pés-dedos-raiz.

Sisí olhou a árvore desaparecer na areia. Depois, entusiasmada, admirou o anel.

— Bora lá, Verdeanas, achar as outras três pedras do meu anel?

As árvores fizeram novo vucu-vucu e arrumaram a conhecida cama nos galhos mais altos. Uma delas agarrou-a pela cintura e colocou-a no ninho!

Esperneou que esperneou. Queria porque queria ir atrás das pedras àquela hora. Não adiantou fazer careta e nem dizer que seria a futura rainha do Egito, pois as Verdeanas não deram a menor bola para o que ela dizia.

Aff, me deixaram no vácuo, acho que vou...

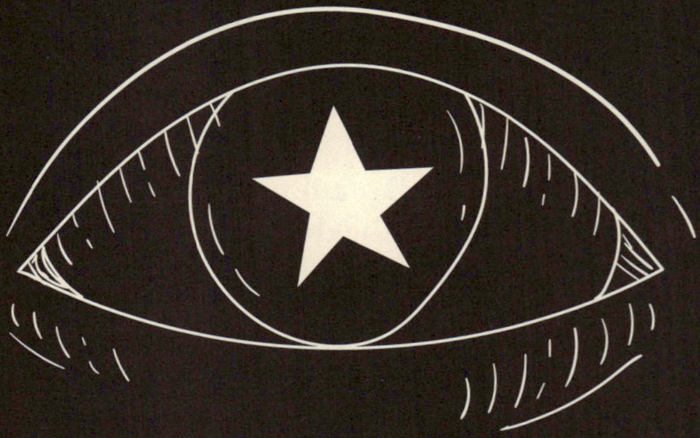

Capítulo XXII

Só despertou no dia seguinte, quando a claridade do dia a incomodou. Esfregou os olhos. Espreguiçou-se. Passou as mãos pelo rosto, hábito adquirido há anos para sentir as bolhas.

Tô mesmo livre delas? Nem acredito. Nossa, super quero ver o meu rosto.

— Ei, Verdeanas, me tirem daqui? — Pediu para descer da cama.

Pedido atendido e...

— Vamos logo, migas! Olhem no mapa pra onde devemos ir! — pediu toda animada, se balançando nos calcanhares.

Depois de um ti-ti-ti entre elas, galhos mexendo para todo lado, apontaram em uma direção.

— A última a chegar é mulher do padre! — disse Sisí, saindo na frente.

Fui.

As Verdeanas foram atrás, correndo daquele jeito desengonçado para acompanhá-la.

Sentia-se tão feliz sem as bolhas, que cantava, dançava e inventava mil e uma coreografias. As árvores a imitavam, ou melhor, tentavam. Ria de a barriga doer! Nunca se divertiu tanto na vida!

Vários dias e noites se passaram até chegarem a um rio de água muito azul.

As Verdeanas a empurraram pelo bumbum para que entrasse na água.

— Ficaram malucas, migas? Não sei nadar!

Mas elas não arredaram as raízes nem um tiquinho daquele lugar. Não demorou muito, surgiu, ao longe, alguma coisa que parecia boiar no rio.

O que será aquilo? Só falta ser o Monstro-do-Lago- Ness. Deixe de ser lesada, Sisí, aqui nem é a Escócia, sua idiota, deu um soquinho na própria testa.

Quando a tal coisa veio deslizando pela água e parou pertinho de onde estavam... Descobriu que se tratava de uma grande planta aquática.

— Saudações verdes, Rainha dos Lagos! Gratidão por ter vindo! Você sabe para onde levar Sisí, não sabe? — disse uma das Verdeanas.

— Ué, vocês falam igual gente? Caraaaaaaaca! Por que esconderam isto de mim? Então foram vocês que ouvi quando a grande-mão-de-gosma-vermelha me puxou para o lago?

— É o nosso segredinho! — disse a outra Verdeana.

— Aí, nada a ver vocês não me contarem que sabiam falar suas... suas... plantas piradas!

— Não falamos até chegarmos aqui por ordem dos reis. Lembre-se: não é só você que deseja as pedras do anel. E ainda temos outro segredo...

Ai que meda dessas malucas.

Na mesma hora, elas se viraram do avesso. Tinham corpo de gente e cara de gente. Pele verde. Os braços, pernas, pés e mãos de galhos. Os cabelos, de folhas.

Sinistro demais, cara. Que doido. Se eu contar, ninguém vai acreditar.

— Vamos, Sisí, suba logo na Rainha dos Lagos! Daqui para frente ela cuidará de você — disseram as Verdeanas em coro.

Deram os galhos para ajudá-la a subir na planta e sentar-se em segurança.

Devia ser proibido embarcar em plantas aquáticas sem cinto de segurança e colete salva-vidas. Tô ficando tensa.

— Cuidado para não perder o equilíbrio e cair na água. O rio é habitado por seres conhecidos e desconhecidos. Os egípcios contam histórias horripilantes de... — disse uma das Verdeanas.

— M-Mas vocês não... Meus pais disseram que ficariam comigo até eu encontrar todas as pedras do anel... — Sisí interrompeu-a antes que ela resolvesse contar as tais histórias de terror.

— Não podemos ir adiante, Sisí, aqui é o nosso limite, seus pais sabem muito bem.

— Ai migas, sei não... Vocês têm certeza de que esta planta não afunda comigo? Sou magra, mas as minhas pernas compridas têm o peso de um elefante!

— Absoluta! Vai e não olhe para trás — disseram as Verdeanas.

— Não vou mais vê-las? — perguntou Sisí, preocupada.

— Quem sabe...?! — responderam em coro. — Que Nota esteja com vocês! — disseram novamente.

A Rainha dos Lagos começou a deslizar pelo rio.

Sem escolha, a passageira partiu cheia de caraminholas na cabeça.

Permaneceu muito tensa até ter certeza de que o barco não afundaria.

— Você também fala e vira pelo avesso igual às Verdeanas? — quebrou o silêncio.

— Agora que você conhece o nosso segredo... sim!

— Eu estudei plantas aquáticas na aula de ciências. Elas são iguais a você, sabia? No Brasil, lá na Amazônia, é assim delas, ó! — fez um movimento de dedos para mostrar a quantidade. — O nome delas é vitória-régia.

— Sim, sim, claro, somos da mesma família! Estamos sempre visitando umas às outras.

— Ah, para, né?! Visitar de que jeito?

— Você não viu que temos pernas e podemos nadar e andar...?

— Meio desengonçadas, mas andam — Sisí riu.

— Podemos ir mais longe do que você imagina, menina...!

Não imagino, e nem quero imaginar.

O silêncio voltou a reinar.

À medida que navegavam, o rio se estreitava tanto, que as árvores das duas margens emaranhavam os galhos, formando uma barreira impossível de se passar. Contudo, quando chegavam perto, elas abriam o caminho, como se tivessem sido acionadas por controle remoto de portão eletrônico. Curiosa, Sisí ameaçou se virar para ver o que acontecia depois que passavam.

— Nada de olhar para trás, Sisí! — a planta alertou-a sobre a ordem dada pelas Verdeanas.

— O que acontece se eu olhar?

— Voltará ao Portal-dos-Leões e terá que refazer todo o caminho.

— Foi mal! Vai demorar muito esta viagem, vai?

— Em algumas horas chegaremos ao Portal-das-Mil-e-Uma-Possibilidades. Fique tranquila!

— Onde fica esse portal? Você já levou outras pessoas lá?

— Não posso contar detalhes, mas a maioria das pessoas que eu já trouxe não conseguiu passar nem pela barreira de galhos de árvores.

— E as que passaram?

— Nunca mais voltaram para contar.

Pô, que notícia animadora, pra não dizer o contrário.

— Boa sorte, Sisí! Aproveite a viagem para descansar — sugeriu a Rainha dos Lagos.

Bem que meus pais poderiam ter me dado um plano b... Em caso de emergência.

Passaram o dia todo no rio. Nem a chegada da noite parecia um bom motivo para a Rainha dos Lagos dar uma parada. De vez em quando, brilhava na água o que parecia ser um par de olhos. Uns grandes... Outros pequenos... Mas todos suspeitos e misteriosos. Barulhos estranhos também vinham de todos os lados, dando a impressão de que algo acabava de fazer *tchibum* na água. Suspirou alto.

— Você está assustada, Sisí? — perguntou a Rainha dos Lagos, talvez percebendo a tensão da passageira.

— A escuridão já não me assusta tanto como antes, mas o rio... Quero é encontrar logo as três pedras do anel e voltar pro palácio.

— Vou lhe dar um conselho verdeano: procure relaxar, Sisí!

Que nem um tatu-bolinha, ela se fechou dentro da planta. Os olhos pesaram mais que sua preocupação...

Não se sabe quanto tempo se passou até acordar sentindo muito frio.

Caramba, tô gelada. Ah não, meus pés estão molhados?, desesperou-se, o coração quase saindo pela boca.

Capítulo XXIII

— Socorro! Socorro, eu não sei nadar! Socorro! Vamos, faça alguma coisa, Rainha dos Lagos! Estamos afundando! — gritou Sisí.

A planta não respondeu e se encheu rapidamente de água. Foi quando alguma coisa áspera passou raspando em suas pernas. Lembrou-se dos muitos olhos brilhantes vistos na água do rio durante a viagem. A alma congelou. Desde o início desejou ter um plano b.

Vou me afogar, desesperou-se.

Trancou a respiração, fechou a boca e os olhos, afundou, voltou e afundou de novo. Voltou e afundou de vez. Debatendo-se como um peixe fora d'água, percebeu algo estranho acontecendo. No lugar de água... entrou ar nos pulmões.

Que sinistro, tô respirando dentro d'água?

Percebeu alguma coisa tampando-lhe a boca e o nariz.

Abriu os olhos. Deu de cara com um peixão de boca aberta, grudada na sua. Assustada, puxou-o. Conseguiu arrancá-lo. Novamente, a água entrou pelo nariz causando ardor e sufocamento. Voltou a se debater. O peixe grudou outra vez. Voltou a respirar. Repetiu o gesto por mais vezes. Foi aí que a ficha caiu: o ar vinha da boca daquele peixe. Então, sossegou, pois pelo menos respirava.

Chegaram outros peixes e a puxaram cada vez mais para o fundo do rio. Quanto mais desciam, mais a água ficava clarinha. Viu uma infinidade de peixes e seres desconhecidos passarem em cardumes. Só um pensamento vinha na cabeça:

Pra onde estão me levando?

Passados alguns minutos ou mais, chegaram ao fundo do rio. Uma grade enferrujada na areia se abriu, assim como na barreira de galhos de árvores. Entraram por um tipo de toboágua cheio de curvas. Teve a sensação de escorregar a um milhão de quilômetros por hora. Não demorou a cair de pé em algum lugar.

O peixe desgrudou-se de Sisí, que voltou a se debater feito louca. Custou a entender que podia respirar, pois, ali não havia água. Pagou o maior mico!

Olhou para cima. Surpreendeu-se ao descobrir que o teto daquele lugar...

M-mas o teto é "feito" de rio? Tô no fundo dele, sem água? Devo ter pirado, só pode.

Ficou tonta e quase caiu em cima do peixe-que-gruda-na-boca-e-nariz.

Assim que conseguiu se equilibrar, descobriu que os peixes não nadavam, eles andavam de pé, apoiados na cauda. Alguns eram do seu tamanho, outros maiores. Não pensou duas vezes para perguntar:

— Além de andar, vocês também falam?

— Eles falam em glub-glubês, Sisí — disse um matinho perto do pé.

— Ei, até você sabe o meu nome? Pelo jeito sou famosa e nem sabia...

— Também pertencemos ao do Mundo-Oculto-das--Plantas. No entanto, vivemos no fundo dos rios, lagos, cachoeiras, mares...

Lascou de vez, tô mesmo no fundo do rio. E agora? Como saio daqui?

Ao mesmo tempo em que prestava atenção à fala do matinho, pescoçava para ouvir o que parecia ser uma conversa entre os peixes, pois eles emitiam sons estranhos e soltavam bolhas de água pela boca.

— O que os peixes estão falando, hein? — perguntou Sisí.

— Querem que você vá atrás deles! — traduziu o matinho verde.

Sem entender bulhufas, seguiu-os.

O peixe grudento parecia ser o chefe, pois puxava a fila. Sisí andava, mas continuava super-hiper-mega-bolada por causa do teto-de-rio. Tropeçou várias vezes em pedras ao olhar para cima e ver os peixes bizarros que passavam nadando. Alguns eram maiores que os prédios da rua do sobrado em que morava.

É muito doido esta parada de andar no fundo do rio, sem a água cair na cabeça da gente.

Durante a caminhada, passaram por vários arcos de flores coloridas e cheirosas, até que chegaram a um jardim gigante.

— Uau, que tudo!

As flores, acesas que nem lâmpadas, clareavam e criavam um ambiente super-mega-aconchegante. Lindas borboletas coloridas voavam pra lá e pra cá, pousando nas flores aqui e ali.

Que lugar lindo. Nunca vi nada parecido nem em filme ou desenho animado.

O cheirinho daquele lugar lembrava sorvete de baunilha! No meio do jardim, havia uma rodinha de peixes. O chefe grudento aproximou-se deles e conversou em glub-glubês, a língua que o matinho havia contado que eles falavam.

O assunto devia ser tenso, pois a conversa parecia que ia demorar o mesmo tempo de uma prova difícil de matemática. Nisso, uma daquelas borboletas coloridas pousou na flor ao lado, batendo as asinhas. Aproximou-se para vê-la mais de perto. O queixo caiu ao descobrir que não se tratava de uma borboleta comum, mas de uma borboleta-peixe.

Foi quando, finalmente, o Grudento a chamou fazendo sinal com a barbatana... Uma metade queria ir e a outra metade não.

Ah, quer saber, melhor ir, decidiu ao ver passar pelo teto-de-rio, desta vez, um peixe horripilante.

Vai que este treco aí em cima cai...? Tô na bad, ops, na boca do peixão.

Ao se aproximar, os peixes abriram a roda e para surpresa viu a flor mais iluminada do jardim, boiando dentro de uma fonte de água, colocada sobre um pedestal, cercada por um milhão daquelas borboletas horroríveis.

#aflormaislindadomundo.

— Sim, Sisí, sou a flor mais bela dos dois mundos — Uma voz fininha falou-lhe dentro da cabeça, dando a entender que sabia ler pensamentos.

— M-Mas, quem é...? — Olhou para todos os lados.

— Sou eu, a Flor-do-Lírio-Azul-do-Nilo. — Mexeu as pétalas.

— Ué, que parada *mó* doida é esta?

— Falo por telepatia.

— Tá, eu já sei...! Você também pertence ao Mundo-Oculto-das-Plantas e blá, blá, blá, blá, blá... Mas flor... acesa...? Aqui nem tem tomada...! — disse em voz alta, ao mesmo tempo em que procurava por uma.

— Seja bem-vinda ao Portal-das-Mil-e-Uma-Possibilidades! O que deseja de mim?

— De você? Nada, ué! Nem sabia que você existia...! Procuro a terceira pedra do meu anel e vim parar aqui! — Mostrou-o para a flor.

— Interessante... Muito interessante... Sete chaves tatuadas no braço... Talvez seja você...! Melhor testar, apesar das consequências.

— Testar o quê? Quero saber...

— Coloque as mãos sobre minhas pétalas, palmas viradas para baixo. Preste atenção, Sisí: NÃO ME TOQUE!

Se fizer isto, ficará sem mão em segundos, devorada pelas Ondinas, minhas guardiãs que se parecem com as borboletas de Daaz. Caso as minhas pétalas se abram... você terá a sua terceira pedra. Ao contrário, o portal será tomado novamente pelas águas do rio e você não terá, desta vez, o oxigênio do Peixe-pulmonado.

— Então, se eu não for a pessoa certa... vai dar ruim pra mim?

— Sim, é a sina de quem chega até aqui: pagar o preço se quiser a pedra.

Exatamente neste momento, lembrou-se de tudo que havia enfrentado desde que o pai, ou melhor, o ex-pai desapareceu do sobrado.

— Pois então, vou pagar pra ver! Se der ruim... deu, mas vai que... Eu quero e escolho dar certo! — Sisí confirmou balançando a cabeça.

— Bem, sendo assim, coloque as mãos sobre mim e... boa sorte! — Disse dentro da cabeça de Sisí.

Desconfiada, olhou mais uma vez para o teto-de-rio e para as ex-lindas borboletas que, parecendo muito irritadas, talvez pela presença de uma humana, guinchavam e mostravam os dentes fininhos. Eles lembravam um serrote de pão. Posicionou as mãos trêmulas sobre a Flor-do-Lírio-Azul-do-Nilo.

Imediatamente, as pétalas começaram a se abrir, logo revelando um pequeno ovo de casca azul no miolo. Ele vibrava muito. E, como um pintinho que sai da casca... Nasceu uma pedra que fez brilhar, como um sol, todo o jardim.

— Sisí, pegue a pedra com a mão do anel!

— Vem *nimim* pedrinha! — disse mexendo os dedos das mãos como se fossem aranhas esperneando. Ao ver as Ondinas pousadas ao redor da fonte...

Eita, muita calma nesta hora, disse para si mesma, quase sem respirar. Então, delicadamente, pinçou-a com as pontas dos dedos. Correu o olho pelo teto-de-rio e pelas Ondinas.

Ufa, o teto não caiu e nem fiquei sem mão! Agora boto fé! Vou tirá-la antes que a flor se feche novamente.

Antes de terminar o pensamento, a Flor-do-Lírio-Azul--do-Nilo se fechou, prendendo o dedo do anel entre as pétalas. O coração disparou ao imaginar a mão sem bolhas, porém faltando um dedo. Primeiro, ele ficou muito quente e depois muito frio. Teve calafrios pelo corpo. Os dentes castanholavam. Não desgrudava os olhos das Ondinas que continuavam a guinchar e bater asinhas. Parecia estar ali há séculos quando a flor se abriu. Caiu o queixo ao ver o próprio dedo. A terceira pedra do anel brilhava encaixadinha da Silva ao lado das outras.

— Huhuuuuuuuu! — comemorou aos pulos. — Consegui mais uma pedra! — Cheia de alegria, mostrava o anel para os peixes, mas ainda de olho no teto-de-rio.

— Eu não disse que uma das possibilidades seria minha, ô grudento?

Ele e os outros peixes fizeram cara de cabide.

— E agora, o que tenho que fazer para ir embora, peixinhos bonitinhos, só que não?! — perguntou toda entusiasmada já pensando em procurar a quarta pedra do anel.

Eles pareciam responder soltando bolhas de água pela boca.

— Ah, tá, entendi tudo, pra não dizer o contrário!

Vai com eles! Ouviu a Flor-do-Lírio-Azul-do-Egito dentro da cabeça.

— Valeu, lindona. Soprou um beijo para a flor.

Bora lá.

— Eu não disse que, de mil e uma possibilidades, uma seria minha? — repetia sem parar. — É minha! Huhuuuuu! — Pulava, gritava e cutucava os peixes, que continuavam com a mesma cara de balde.

Quando finalmente avistou a grade no teto-de-rio...

Espero sair viva daqui. Quarta pedra... Aí vou eu, pensou lá com o anel.

— Aí, ô glub-glub, de boa, pode grudar de novo no meu nariz e boca — fez biquinho de *selfie* para ele.

Qual não foi a surpresa quando o peixe-que-gruda-na-boca-e-nariz varreu a areia usando a cauda, revelando uma grade enferrujada no chão. Ela ficava exatamente na mesma direção da grade do teto-de-rio. Quando o grudento a abriu, uma grossa coluna de água subiu ao encontro da outra que, ao mesmo tempo descia, formando uma só coluna de água, ligando as grades.

— Ei, então o toboágua tem continuação? M-mas...? — Desesperou-se. — Não sei nadar! Vou me afogar! Vocês não vão me levar de volta?

Os peixes, parecendo indiferentes, mostravam a saída, apontando as barbatanas para a coluna de água.

Sisí, você tá ligada de que não tem plano b, né? Então... Adeus, vida."

Sem escolha, pulou e desceu pelo toboágua em grande velocidade ao som do grito que parecia interminável.

Capítulo XXIV

Caiu de bunda no chão ao chegar ao final daquele tobo-água maluco e... *Ué, m-mas aqui não tem água*, pensou ao respirar aliviada.

Olhou tudo a sua volta.

Cadê o rio? E esta escada sem parede, onde vai dar?

Reparou nos degraus. De tantos em tantos, havia uma tocha de fogo acesa, o que dava um ar meio fantasmagórico ao lugar.

Putz, tá me dando mó aflição descer sem ter onde me segurar.

Evitava olhar para os lados para não perder o equilíbrio e cair, sabe-se lá em que lugar. Mesmo assim, contou até mil e um degraus. Cansou. Descansou. Voltou a descer. Quanto mais descia, mais o calor aumentava.

Gente do céu, essa escada não acaba nunca? Será que tô indo é pro inferno?

De vez em quando dava uma olhadinha no anel para ver se as três pedras estavam mesmo lá nos buraquinhos. Quando batia o cansaço, vinha no pensamento: força, você consegue. Desconfiada, pensou ter levado um caô dos peixes, pois a escada parecia não ter fim. Ao ver o fogo sair de uma tocha e pular pelos degraus, parou. Observou. Depois outro... e mais outro... Eles pulavam pra lá e pra cá. As perninhas de fogo eram mó rápidas!

Vou segui-los. Também, não tem outro caminho!

O calor aumentava muito a cada degrau descido, mas continuou.

Será que os foguinhos falam? Vai que...?

— Ei, perninhas de fogo, pra onde estamos indo?

Não responderam, mas se juntaram, virando um fogo grandão. E para piorar, em seguida, transformou-se em uma Lagartixa-de-fogo. A língua comprida, por pouco não a lambeu.

Ah não, tinha que ser lagartixa, tinha? Não quero nem pensar o que tem aí neste buraco... Ai, ai, ai, ai, ai, em que furada fui me meter.

Deve ter descido um milhão de degraus até chegar a um novo portão.

Caraca, desde que entrei no cofre-cinza, perdi a conta de quantos portões já atravessei.

Dois foguinhos pularam da Lagartixa-de-fogo e transformaram-se em mãos de fogo, com dedo e tudo. Eles abriram o portão.

Bem, se eu ficar o bicho pega; se eu correr o bicho come.

O convite para entrar, talvez no inferno, não a agradava nem um tiquinho, mas sem outra opção...

Caramba, m-mais escada? Ah não, tô mó acabada. Caraca, a parada só piora, deu uma olhadinha *vapt-vupt* para os lados.

Onde antes não tinha parede, agora tinha fogo. O calor... de matar! Ao todo deve ter descido um *deusilhão* de degraus. Agora sim, suspeitava ter chegado ao fim da escada. Um som, tipo: tum-tum, lembrava a batida do coração.

Não o meu, pois ele tá mais para rock pauleira.

Do último degrau, saía um comprido tapete vermelho. No final dele, um trono vazio, mas logo ocupado pela Lagartixa-de-fogo.

Se inferno existe, deve ser aqui, só pode... Que lugar sinistro.

— Sisí...! Sisí...! Sisí...! Ainda não sei se você é bem-vinda...! — disse a Lagartixa-de-fogo, com voz arranhada.

— E quem falou que eu queria dar um rolezinho neste buraco quente? — respondeu de um jeito malcriado. — Não curto lagartixas, sabia?

— Nós também não curtimos humanos, sabia? Já perdemos muitos rabos por causa de vassouradas e chineladas...!

— Onde estou?

— No coração da Terra.

— Aí, ô *bunitha*, não sabia que o planeta tinha coração. Você tá me zoando, né?

— Para você ter uma ideia, fica beeeeeem abaixo do buraco mais fundo que os humanos já conseguiram furar em Daaz.

— Que mané buraco? Quem é você?

— Sou a Rainha das salamandras! — O fogo cresceu para todos os lados.

Sisí assustou-se ao receber o bafo quente no corpo.

— Sala... o quê? Pra mim você é uma Lagartixa-de-fogo.

— Sou a guardiã do fogo intraterreno!

— Você é do lado do bem ou do mal?

— Fogo é só fogo, os humanos é que escolhem o lado.

Só me faltava uma lagartixa metida a filósofa.

— Por acaso, você sabe onde está a quarta pedra do meu anel?

— Será esta? — Mostrou uma pedra verde na ponta da língua comprida de fogo.

— Ela é minha! — Mostrou, com certa distância, o anel para a guardiã do fogo.

— Sinto muito, mas apenas uma pessoa é capaz de pegá-la.

— E você sabe quem?

— Não!

— Já falei: a pedra é minha!

— Então, vá em frente, pegue! — Aumentou mais ainda o fogo em torno de si.

Decidida, Sisí deu o primeiro passo, mas voltou para não virar churrasquinho.

— #precisodeágua.

A pressão da água que saiu do anel foi tão forte, mas tão forte, que fez Sisí cair de costas no chão. No instinto, apontou-o para a Lagartixa de fogo. Ela cuspiu uma labareda que por sorte não a atingiu.

— Ah, é assim, sua horrorosa? Vou te mostrar quem é a futura Rainha do Egito.

Levantou-se aos trancos e barrancos, mas continuou a apontar o anel, mesmo sem entender como saía toda aquela água dele. Aos trambolhões, debaixo de uma chuva de fogo, acertou o alvo várias vezes. Após algum tempo de batalha, já exausta, Sisí viu uma fumaça vermelha em volta da Lagartixa-de-fogo, sem fogo.

— Agora sim! Tenho certeza: você é a única pessoa do mundo capaz de pegar a pedra. Tome, é toda sua! — Colocou a língua comprida para fora. Lá na ponta... A pedra! — Pegue logo, Sisí, antes que o fogo volte. Você acha que o apagou para sempre? — deu uma gargalhada feia.

— Continuo não gostando de lagartixas! — disse Sisí, apertando a pedra ainda morna na mão.

— E nem nós de humanos! — disse a Rainha das Salamandras.

— Mostre-me a saída ou eu mesma acharei — decidiu Sisí.

— Será um enorme prazer! — disse a Lagartixa-de-fogo, pegando fogo de novo.

Não confio nem um pingo na "pessoa". Aliás, tem alguma coisa estranha acontecendo aqui. Melhor ficar de olho nela e nas...

Pequenas lagartixas vinham de todos os lados. Eram tantas que conseguiam carregar Sisí, que parecia surfar em uma onda cinza.

Não acredito. É o meu pior pesadelo.

— Ô-ou, pra onde estão me levando? — disse Sisí desesperada.

Só se ouvia o coração da Terra bater.

Entretanto, a resposta não demorou a aparecer. Com delicadeza, só que não, foi jogada para fora do portão, do mesmo jeito que fez milhões de vezes com as lagartixas que apareciam no quarto do sobrado.

— Sisí...! Sisí...! Sisí...! Espero ter gostado da hospedagem e tratamento! — disse a Rainhas das salamandras.

— Continuo sem saber se você é do bem ou do mal... — disse Sisí levantando-se do chão e limpando a terra dos cotovelos escalavrados durante o duelo entre elas.

— Sisí, onde está a pedra que conquistou?

— Na minha mão... Espere aí, sumiu! Devo ter perdido quando me jogaram...

— Olhe para o anel! — interrompeu a Rainha das salamandras.

A pedra verde brilhava, encaixada no buraquinho, ao lado das outras.

Consegui mais uma pedra. Vivaaaaaaaaaaaa.

— Siga a seta — disse a Rainha das salamandras.

E sem olhar para trás, seguiu a seta de lagartixas desenhada no chão. Ela apontava para a direita.

Foi.

Aos poucos, parou de ouvir o tum-tum do coração da Terra. Acabou o fogo. O escuro ficou claro. Nada de escada para subir ou descer. Percebeu pedrinhas brilhando no chão: uma aqui... Outra ali... Quanto mais andava, mais elas surgiam e se juntavam, até virar um caminho brilhoso.

Se essa rua, se essa rua fosse minha, eu mandava, eu mandava ladrilhar, com pedrinhas, com pedrinhas de brilhante, para o meu, para o meu amor passar, os miolos cantaram dentro da cabeça.

É lindinha, mas onde vai dar?

Surpreendeu-se ao descobrir.

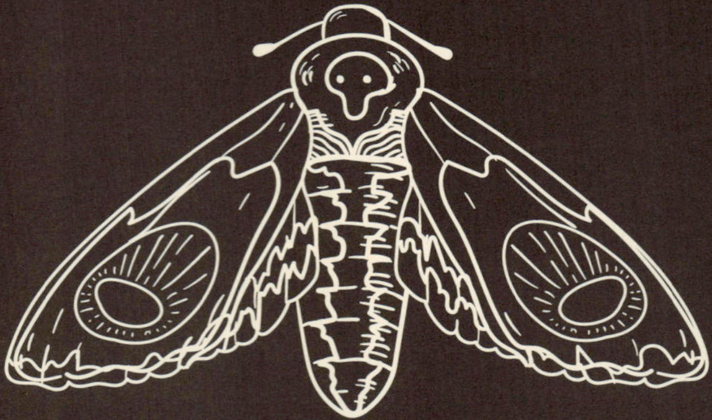

Capítulo XXV

A rua de brilhante terminava em um paredão de cristal azul.

Procurou uma abertura e... Nada.

Eita, fim do caminho? E agora?

A cabeça doeu forte. Sentou-se no chão. Pela primeira vez desde que viajou de cofre-cinza para o Antigo Egito, teve fome, sede, vontade de ir ao banheiro... tudo ao mesmo tempo. As pernas bambearam. Os braços e pernas ficaram molengas como se fossem de pano. O coração voltou a bater em ritmo de rock pauleira. O corpo tremia. A boca colou-se de tão seca. O estômago dava cambalhotas. Quanto à fome, seria capaz de comer o besouro que passava no chão, exatamente naquele momento. Assim que as pontinhas dos dedos tocaram o inseto, soltou um grito de dor.

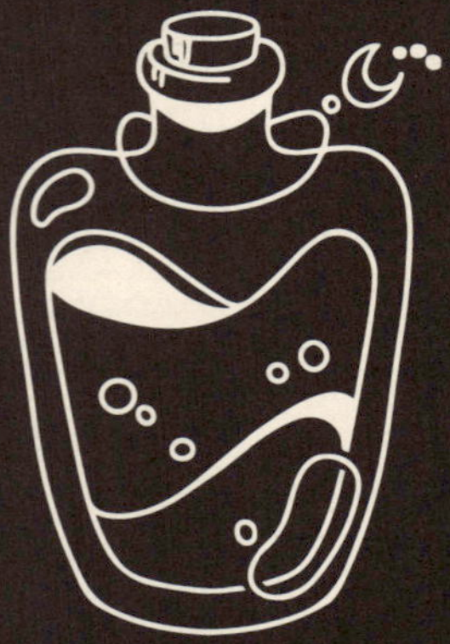

Capítulo XXVI

Levou uma forte pisada na mão.

— Nem pense em fazer isto, Sisí, nem pense! Comer escaravelhos é fatal! Preciso de você viva — alguém disse, enquanto tentava enfiar-lhe alguma coisa boca abaixo.

Travou os dentes. Apertaram-lhe o nariz. Sem ar, abriu a boca. Foi a conta certa de enfiar, sabe-se lá o quê, dentro dela. Quis cuspir aquilo, mas...

Oi? M-mas é a bala de menta do meu pai?

Engoliu-a no susto. A fome, a sede e a fraqueza desapareceram na hora. Ficou de pé num pulo.

— Feliz em me encontrar, filhinha do papai?

Essa não, é o Encapuzado, ou melhor, a sombra dele.

— Sei muito bem quem é você seu... traidor!

— É mesmo? Ah, estou morrendo de pena de você...!

— Já não basta as maldades que fez comigo em Daaz?

— Oh, quanta ingratidão com o papai, Sisí! Criei você com tanto amor...!

— Você conseguiu passar pela Cueva-Eva? Onde conseguiu a bala do meu pai verdadeiro? — Abriu o perguntador de sempre.

— Tadinha, tão inocente... Sombras podem entrar em qualquer lugar, querida filhinha, ops, sobrinha do meu coração! Por esta você não esperava, não é mesmo?!

— Não gosto de você.

— Empatamos! Odiei e odeio cada segundo perto de você. Aliás, sinto verdadeiro nojo de você, menina fedorenta!

— Você acabou de dar vida a um filhote-de-cruz-credo. Já conheço os seus planos.

— Ah, pelos quinhentos deuses do Egito, que menina inteligente! Aprendeu direitinho! Quanto mais filhotes-de--cruz-credo, mais gente para o meu exército. Que maravilha!

— Você é horrível! — disse Sisí.

— E você, nojenta!

— Ou, o que quer de mim?

— O anel e a única pessoa capaz de abrir portais e baús: você, sua peste do Egito! Espere aí, deixe-me ver melhor... Ah, ficou livre das bolhas? Nossa, que bom! Mas continua feiosa! — Riu.

— Nem te ligo, farinha de trigo! — Sisí sacudiu os ombros.

— Quem fez esta maldade, princesinha?

— Não te interessa — sacudiu de novo os ombros.

— Chega de nhenhenhém! Quero o anel!

— Ele não sai do meu dedo, nem que eu queira. Olhe! — fingiu fazer força para tirá-lo.

— Vou levá-lo de qualquer jeito, nem que eu corte o seu dedo.

Tô ferrada.

A saída foi...

— Falta uma pedra... — esticou o dedo para mostrar.

— Cadê a droga da pedra?

— Se eu soubesse, já estaria no anel. Dããããããããã! — Ela socou a própria testa.

— Olha... olha... olha... Não me irrite...! O que está esperando para ir atrás dela?!

— Você não me manda! Não é meu pai! Conhece o *Tônem*[2]?

---

2 Significa: tô nem aí.

— E você não me conhece! Não sabe do que sou capaz para ter o que desejo — Deu-lhe um empurrão, fazendo-a bater as costas no paredão de cristal azul.

Alguma coisa me diz que é melhor eu ir, mas vai ser osso.

Voltaram pela rua de brilhante!

— Mais rápido! Mais rápido, menina molenga e lerda!

Droga. O que eu faço pra fugir dele?

— E pensar que te chamei de pai...

— E eu odiava quando me chamava assim! Minha vontade era de vomitar.

Nisso, uma voz cavernosa interrompeu a conversa.

— Aqui está você, ou melhor, sua sombra, Olin! Acha mesmo que me enganou? Você só chegou até aqui porque eu deixei. — A Cueva-Eva abriu um bocão de pedra e engoliu a sombra do Encapuzado.

— Bem feito! — debochou Sisí.

— Seu nariz tá malfeito! — Ele ainda teve tempo de retrucar.

— Agora ninguém me pega...! Pega, escorrega...! Partiu última pedra do anel! — Sisí comemorou com pulinhos.

Voltou ao paredão de cristal azul.

Quem sabe ela está escondida aí dentro...? E se eu...

Fez ranran na garganta.

— Última pedra, eu, Sisí, futura Rainha do Egito, ordeno que venha para o anel agora! — Levantou a mão acima da cabeça.

Nada aconteceu.

Quem sabe... #ultimapedradoanel? Funcionou quando precisei de água pra apagar a Lagartixa-de-fogo.

Nada aconteceu.

— Abracadabra! Simsalabim! Ratibum! Alakazam! Pirlimpimpim...! — Riu de si mesma ao pronunciar as palavras mágicas que conhecia.

Mas, sem esperar, a brincadeira ficou séria:

— Ardep ahlemrev, emot o ues ragul! — a boca falou sozinha.

Assustada, tapou-a boca com as duas mãos. As bochechas foram engordando... engordando... a ponto de estourar. Não aguentou segurar e desta vez saiu gritado:

— Ardep ahlemrev, emot o ues ragul!

Caraca, minha boca falou sem eu falar. E, o mais sinistro é que não sei o que ela falou.

Ficou quietinha, cheia de medo da própria boca, mas nada de estranho aconteceu nos minutos seguintes. Então, retornou pela rua de brilhante, mas percebeu que as pedrinhas foram sumindo à medida que caminhava.

"Poxa, tá dureza encontrar a pedra que falta, viu?"

— Eiiiiiiii, olhe onde pisa, Sisí? — Ecoou um grito fininho.

— Aff, precisa gritar? Não sou surda! — Fez malcriação. — Foi mal! Dá pra desculpar? Tô meio brisada... Essa parada de caçar pedra, sabe?!

— Desculpada! A pedra está mais perto do que você imagina, Sisí! — Disse o matinho do chão.

— É verdade, está na cara! — Disse outro matinho.

— Só ela não vê! — disse mais um.

— Ah, vocês estão de zoeira! — Irritou-se. — Sabem onde ela tá? Por que não falam de uma vez? Ando louca atrás dela! E nem adianta aquele blá-blá-blá de: O Mundo Verde sempre esteve ao seu lado! — fez uma voz chatinha.

— E estamos, mas não podemos lhe contar, você terá que encontrá-la sozinha para ter o efeito correto.

— Grande ajuda! — reclamou Sisí.

— Mas podemos dar uma pista: você está próxima de um espelho d'água.

— Tá, mas e daí?

— Boa sorte! — Saíram correndo daquele conhecido jeito desengonçado.

— Ei, esperem, vocês não... Droga! — chateou-se.

Espelho d'água... Espelho d'água... Nunca vi um espelho d'água na vida.

— Matinhos pirados! — gritou sem olhar para trás.

Não sei se posso confiar na pista, mas é a única que tenho.

Talvez tenha andado por horas até chegar a um rio.

Será o mesmo que viajei de Rainha dos Lagos-Titanic? Aff, não dá pra ver direito... Tem muito mato aqui na margem...

Olhou tudo à volta. Lembrou-se das Verdeanas. Talvez ainda estivessem por ali para levá-la de volta para casa...

Droga. De que adianta voltar pro Palácio sem a última pedra do anel? O que eu vou falar pra minha mãe e o meu pai? E se eles desistirem de mim? Mais uma vez, ficarei sozinha no mundo?

O vento forte balançava as plantas para lá e para cá... Para lá e para cá...

— Venha! — disse uma voz grossa.

E, como um cabelo partidinho ao meio, as plantas altas abriram o caminho até a margem. Sisí viu dentro daquela água azul, paradinha, as nuvens do céu.

Será o tal espelho d'água que os matinhos pirados falaram?

Agachou-se. Pela primeira vez, viu o rosto sem as malditas bolhas, refletido na água. Passou as mãos pelos olhos, bochechas, nariz, boca, orelhas...

Minha nossa, eu sou a cara da minha mãe, riu para a imagem no espelho, mas, em seguida, as lágrimas desceram pelo rosto.

Caso continuasse a chorar por mais tempo, certamente faria o rio transbordar. Entretanto, o sol refletido no espelho d'água fez brilhar a...

Ficou de pé no susto — Uau! — Socou o ar.

Bem que os matinhos pirados falaram que a pedra estava na minha cara, riu.

— Huhuuuuu! — gritou de alegria. — É a pedra vermelha do meu brinco! Vivaaaaaa! Huhuuuuu! Encontrei! — comemorou aos pulos. Nem levou susto quando a mão foi por conta própria até a orelha, atraída feito um ímã no metal. Em seguida, olhou para o anel. Agora sim, as cinco pedras brilhavam, cada uma em um buraquinho.

— Meu, meu, meu, o anel agora é meu! — Cantou e pulou até cansar. — Vou mitar com ele pelo Egito, mas só depois que eu for coroada, claro!

Alôôôou, Sisí, você não sabe voltar para o Palácio, disse uma vozinha dentro da cabeça. *E o mapa está guardado entre os galhos e folhas das Verdeanas. Mas, ficar aqui chorando não vai ajudar em nada, vai? Então... Partiu encontrar palácio.*

— Hum... Por onde começar? — disse Sisí.

— É só seguir a gente! — disse aquela mesma voz grossa que a chamou para ir à margem do rio.

— A gente quem?

— Os papiros.

— Que mané papiro?

— Nós, Sisí, as plantas que abriram caminho para você se ver no espelho d'água.

— Ué, papiro não é um papel antigo usado no Antigo Egito?

— E onde você está, Sisí? Papiro é feito da planta papiro, ou seja, de nós!

— Pô, foi mal, Papiro!

— Também fazemos parte do Mundo-Oculto-das-Plantas e queremos ajudar. É bom ir logo, antes que escureça.

— Ok, Google! — Sisí brincou.

Quase noite, viu as duas Verdeanas, lááááá longe, correndo desajeitadas, com os pés-dedos-raiz.

— Ei, Verdeanas, ei, eu tô aqui! — Levantou e balançou os braços para poder ser vista. — Olhem, eu achei todas as pedras do anel! — Dava pulos de alegria.

Quando elas chegaram mais perto...

— Minha nossa, Sisí, você está toda rasgada, machucada e suja! — disse uma.

— O seu cabelo parece um ninho de passarinho! E disso eu entendo bem! — disse a outra.

— Nem parece a futura rainha do Egito...! — disseram juntas.

— Migas, vocês não imaginam o que eu passei depois que me abandonaram no rio. — Apertou os lábios.

— Nós não a abandonamos, apenas seguimos as orientações do mapa de Sibí. Mas... Sisí, que maravilha, suas bolhas estão completamente cicatrizadas...! — disseram juntas de novo.

— Não, não, não, não tem mais bolha na mão! Ôsto, Ôsto, Ôsto, não tem mais bolha no rosto! — De mãos dadas, ops, galhos dados, brincaram de roda para comemorar.

— Tenho tanta coisa pra contar, migas...!

— Queremos saber tudinho, mas, antes de partirmos, precisamos agradecer os papiros em nome dos Reis.

— Hiiii... Já sei que não vou entender nadinha desse papo.

Elas riram.

Instantes depois...

— Valeu, papiros, vou pra casa! As Verdeanas vieram me buscar! — Deu um tchauzinho.

Ficou no vácuo.

— Aff, nem responderam — reclamou para as Verdeanas.

— Liga não, eles são fechadões, mas são gente boa!

— Então... Bora, migas verdes? Quero muito mostrar a novidade pra meu pai e minha mãe! — Mostrou o anel.

— Vamos sim, mas...! — disseram as árvores em coro.

— Ah não, nem vem com esse papo de mas...!

— Calminha aí, Sisí, o deserto é perigoso à noite; partiremos amanhã cedo — disse uma.

— A boa notícia é que faremos aquela cama para a futura Rainha do Egito — disse a outra. Em seguida, dobraram os troncos em reverência.

— Eu me lembro muito bem da primeira vez em que me colocoram na suíte mais alta, com vista para as nuvens, suas doidas!

— Ai! Ai! Ai! Ui! Ui-ui-ui! Torci meu tronco...! — Uma das Verdeanas precisou da ajuda da outra para se endireitar novamente.

— Sabe, acho que é... A idade...! — A Verdeana quis justificar o jeito que deu no tronco.

— Pois então, vamos sacudir o corpito de madeira?! — A outra Verdeana deu a ideia. — O exercício desenferruja o tronco e os galhos — Começou a fazer uma coreografia-super-hiper-mega-engraçada, tentando se equilibrar sobre aqueles estranhos pés-dedos-raiz.

Sisí aprendeu os passinhos e se juntou a elas cantando:

Eu vi um sapo, sapo, sapo,
na beira do rio, rio, rio,
com seu traje verde, verde, verde,
tremendo de frio, frio, frio.
Não era sapo, sapo, sapo,
nem perereca, eca, eca,
era o Encapuzado, ado, ado,
Só de cueca, eca, eca!
Não foi o sapo, sapo, sapo,
que fez tchibum, tchibum, tchibum,
Foi o Encapuzado, ado, ado,
Que soltou um pum!

— Vocês são muito zoadas, migas verdes! — ria de a barriga doer.

Algum tempo depois...

— Por hoje já deu, quero cama! Podem me colocar na suíte real, com vista pras estrelas, por favor? — pediu Sisí.

Já deitada, contou às Verdeanas o encontro que teve, na Cueva-Eva, com a sombra do Encapuzado:

— Eu virei a louca da fome! Fraca demais, poderia comer qualquer coisa. Foi quando vi um besouro passando. Cheguei a tocá-lo, mas o Encapuzado pisou na minha mão.

— Infelizmente, nós somos as culpadas, Sisí. Estamos envergonhadas! Quando entregamos você à Rainha dos Lagos, esquecemos de deixar o saquinho de balas que o seu pai nos confiou. Tomara que ele não nos expulse do Palácio. Lembra-se do caso das Arieoras?

— Ei, desencana, vai! Mas é claro que não serão expulsas! Afinal, o que importa é que tô viva e bem. Xá comigo, eu explico tudo pra eles!

— Que Nota nos ajude! — disseram as Verdeanas em coro.

— Por que o Encapuzado me deu a bala, hein?

— Por uma razão bem simples: você é a única pessoa capaz de encontrar o livro de Htoht, portanto, ele a quer viva — disse uma Verdeana.

— Mas de que jeito ele me encontrou se a Cueva-Eva não deixa ninguém do mal passar pelo mesmo caminho que as do bem?

— Certamente, ela sabia da necessidade do encontro, pois nem sombras conseguem enganá-la.

— Quer dizer que o Encapuzado sabe de tudo que acontece comigo?

— Talvez nem ele saiba que a própria sombra veio salvá-la. Ele a criou, Sisí, querendo ou não, gostando ou não, pelas regras do Antigo Egito, uma parte dele tem obrigação de proteger você.

— Eu, hein...?! — Sisí franziu a testa.

— Sisí, os escaravelhos, se ingeridos, matam em segundos.

— Mas a fome apertou tanto, mas tanto... Achei que ia morrer! E vem cá, como saiu água do meu anel na briga com a Lagartixa-de-fogo? Ah, quer saber, melhor descansar, migas, tô caindo de sono!

Acomodou-se na cama improvisada e dura, mas bem melhor que dormir no chão.

Não vejo a hora de ir pra casa... ficar ao lado dos meus pais.

Deu uma última olhada no anel antes de fechar os olhos.

Capítulo XXVII

Alguns dias depois...

— Pai! Mãe! Cheguei! Olha eu aqui! — Aprontou a maior correria e gritaria, deixando as Verdeanas para trás, no jardim do palácio.

Notaneka e Etitrefen também correram ao encontro da filha.

— Graças a Nota! — exclamou o pai num abraço!

— Tive tanto medo de perdê-la, minha princesinha! — A mãe juntou-se a eles.

— Você está bem, minha filha?

— Tô sim, pai!

— Minha nossa, por que você está toda rasgada...? Descabelada...? Arranhada...? Suja...? — perguntou Etitrefen.

— Tchãnã! — saiu do abraço e mostrou o rosto e as mãos!

Nem esperou a reação dos pais e repetiu...

— Tchãnã! Achei as cinco pedras! — Mostrou o anel. — Eu, hein, por que estão chorando? Não estão felizes por eu ter voltado?

— Choramos de alegria, meu amor! — explicou Notaneka.

— Vocês acreditam que eu viajei na Rainha dos Lagos...? Que ela afundou...? Que um peixe grudou na minha boca...?

— Queremos saber de tudo, minha querida, mas, antes, vou preparar, pessoalmente, um banho quente e roupa limpa para você — disse Etitrefen, enquanto enxugava as lágrimas de emoção.

— Mãe, você sabia que as plantas falam, se viram pelo avesso e se transformam em planta-gente? Ah, e que sai água do seu anel? — cochichou.

— Hãrrã, sou a Rainha do Antigo Egito, conheço muitos mistérios...! Mas ó, lembre-se, lá em Daaz é segredo, viu?

— Eu vi várias vezes a tia Eti falando com as plantinhas na sala dela. A galera da escola fala que ela é pancada.

— Alôou, eu sou a tia Eti! — riu Etitrefen.

— Dããã! Esqueci — riu também.

— Filha, não foi fácil esperar 13 anos para abraçá-la, beijá-la, e... fazer cosquinhaaaaaaas! — ameaçou mexendo os dedos das mãos, como se fossem duas aranhas esperneando.

— Você não me pegaaaaa, pega escorregaaaa! — Correu pelos enormes corredores do palácio.

— Ah, não? Espere aí, sua espertinha, vou te mostrar quem é que não te pega!

— Ei, vocês duas, cuidado! Não quero minha rainha e minha princesa com joelhos ralados e mancando na coroação! — brincou Notaneka.

Após o pique-pega...

Etitrefen mostrou para a filha quarto por quarto, salão por salão... até parar em frente a uma porta alta e dourada. Abriu-a. Entraram.

— Uau! Fofo demais este quarto de neném, mãe! De quem é?

— É seu, princesa! O quarto que preparei para você há 13 anos! — Tremeu a voz. — Se não fosse pela maldade do meu irmão... Enfim, guardo até hoje o seu berço, suas roupinhas, os brinquedos que nunca brincou... — disse enquanto passava a mão nos objetos.

— Diferentaço do meu quarto no sobrado! Olha só que *cute-cute* este bercinho dourado!

— É todo de ouro — disse Etitrefen.

— Uau! — repetiu Sisí.

— Mãe, e esta piscina gigante no meio do quarto? Ela é mil vezes maior que a da escola, né?!

— É uma banheira, minha querida! — riu Etitrefen.

— Mesmo? Caramba! E este tantão de vasinhos de flores em volta dela?

— Lembra-se de que o Mundo-Oculto-das-Plantas a protege?

— Elas estão aqui este tempo todo me esperando?

— Sim, sem sair uma folhinha do lugar! São fiéis.

— Choquei, cara! Mas... plantas não morrem?

— Eu precisaria de 13 anos para lhe explicar muitas coisas, inclusive sobre vida e morte.

— Eu quero aprender tudo, mãe!

— Preste atenção, Sisí: tudo que já aconteceu em Daaz, em todos os tempos, virou história. E, história não morre, passa a existir para sempre em outra dimensão, cuja passagem é através dos portais.

— Fiquei bege quando soube que a descarga do banheiro da escola é um portal para a Escócia Antiga e o cofre-cinza do escritório para o Egito Antigo...

— Exatamente! — confirmou Etitrefen.

— Mãe, só mais uma curiosidade... você não teve tempo de me colocar o brinco de pedra vermelha, certo? Então... quem...? O Encapuzado que não foi, né?

— Claro que não, minha filha! Foi Aia, minha colaboradora fiel. Ela também teve um bebê alguns dias antes de você nascer. Meu irmão fez dela uma escrava para que pudesse te amamentar por um tempo. Ela sabia que o rubi era uma das pedras do anel, conhecia o segredo contado por mim. Então, certo dia, ela conseguiu entrar nos meus aposentos, sem que ninguém visse e pegou a joia. Furou sua orelhinha usando o próprio brinco.

— Por que ela colocou só um?

— Princesas usam um brinco, rainhas usam dois. É a tradição.

— E ele não castigou a escrava?

— Ele não olhava para você, meu amor, não reparou na sua orelhinha!

— E de que jeito você soube que foi a tal da Aia que fez isto?

— Ela me contou antes de morrer... de tristeza. Em outro momento eu te conto, agora vou deixar você tomar banho — Antes de sair, Etitrefen beijou-lhe a testa.

Ainda permaneceu um tempo pensando na história que a mãe contou. Lembrou-se da imagem de Aia levando-a embora, bebezinha, a mando do Encapuzado.

Ah, melhor tomar banho.

Uma fumacinha cheirosa saía de dentro da banheira. Colocou a mão na água para sentir a temperatura.

Hum, que delícia, tá quentinha.

Tirou a roupa e desceu a pequena escada para entrar na banheira.

Soltou um grito de terror.

Capítulo XXVIII

A ficha caiu:

As plantas que viram gente estão me vendo... Peladinha da silva.

Tapou o que deu usando as mãos. Enrolou-se na toalha. Depois, tomando cuidado para não ser flagrada, colocou todos os vasos de flores do lado de fora da porta do quarto.

Agora sim, tô de boa na lagoa.

Pela primeira vez na vida, tomou um delicioso banho de banheira. Em seguida, vestiu a túnica branca bordada de pedrinhas coloridas, colocada em cima da cama pela mãe. Ajeitou a tiarinha de flores cheirosas no cabelo. Passou os olhos pelo anel no dedo...

— Êza, Êza, Êza, virei uma princesa! — Cantou e dançou em frente ao espelho. — Ão, ão, ão, não sou mais um dragão!

Fez biquinho e fingiu pousar para uma *selfie*.

Quando terminou a sessão imaginária de fotos, correu para colocar, de novo, os vasos de flores em volta da banheira.

Abriu a porta e levou um tremendo susto. Deu de cara com os pais.

Cada um deles segurava um gatinho no colo.

— Sisí, por que os vasos de flores estão do lado de fora do seu quarto? — quis saber Etitrefen. — Por acaso eles têm perninhas? — Riu.

— Oh, é mesmo! Tadinhas, devem estar cansadas de ficar lá dentro o tempo todo e vieram dar um rolezinho... Tomar um arzinho! — Fez um sinal para a mãe, tipo: depois te conto!

— Pai... Mãe...! P-posso colocá-los no lugar rapidinho, querem ver?

— Não se preocupe, vou pedir a um de nossos colaboradores para colocá-las de volta. — disse Notaneka.

— Colaboradores?

— Filha, nós não temos escravos, temos colaboradores — explicou Notaneka.

— Que maneiro! — exclamou Sisí. — Bem diferente da história que aprendi na escola.

Olhou os pais tim-tim por tim-tim.

— Uau, vocês estão mitando com estas roupas! Hoje tem festa no palácio? Sabe o que é? Depois do banho me deu um sono...! Acho que prefiro dormir, posso?

— Que tal uma festa só para nós três?! — disse Notaneka. — Você está uma princesa, filha! — girou-a pela mão, talvez para vê-la sem os trapos de roupa que voltou do deserto em busca das pedras do anel.

— Não vejo a hora da sua coroação! — disse Etitrefen, enquanto arrumava a tiarinha de flores na cabeça da filha.

— Chega de conversa, minhas lindas! O jantar já deve estar servido — ordenou Notaneka.

— Eca! Não sinto fome, vocês sabem... A bala de menta...

— Logo, logo, isso vai acabar — disse a mãe. — Agora,-vamos! Colocou o gato no chão e segurou a mão de Sisí.

Notaneka fez o mesmo.

Sisí olhou para trás.

Viu as plantas-gente correndo atrás dos gatos, com aquele mesmo jeito desajeitado e engraçado das amigas Verdeanas.

Tomara que o jantar seja rápido.

Após a refeição, seguiu os pais pelo palácio.

Entraram em um salão de paredes douradas e vermelhas super-hiper-mega-lindo, decorado com um montão de almofadas brilhosas, em cima de um gigante tapete-perde-pé.

— A minha é a rosa! — Correu para pegar, espantando o sono. — A da mamãe é a verde e a do papai é a roxa. Peguem! — Jogou-as como se fossem bolas.

Assim que todos se acomodaram, Notaneka bateu algumas palmas.

Entrou uma galerinha que parecia ter uma *vibe* legal. Os garotos tocavam uns instrumentos musicais super diferentes. Enquanto as garotas, usando roupas de dança do ventre, dançavam com espadas douradas... outras com um treco cheio de velas acesas equilibrado na cabeça... outras com cobras enroladas no pescoço...

— Que maneiro, pai e mãe! — Vibrava.

— Venha dançar, Sisí! — disse a garota de roupa verde.

Incentivada pelas dançarinas, ela deu um show, parecendo conhecer cada passo de dança egípcia. Quando dançou com uma das cobras no pescoço, Notaneka e Etitrefen aplaudiram de pé.

— Huhuuuuu! Quem pode, pode, quem não pode se sacode! Pai e Mãe, posso entrar pra esta banda?

— Banda? — Eles riram do entusiasmo dela. — Melhor dizer conjunto de músicos, filha.

Quando voltou para o tapete-perde-pé e almofadas...

— Adorei a festa em família! Vocês deixam, de verdade, eu dançar na, ops, no conjunto de músicos?

— Falaremos sobre isto mais tarde, Princesa. Quando terminar a apresentação, precisamos ter uma conversa séria — disse Notaneka ao seu ouvido.

— Por acaso, deu ruim porque eu coloquei os vasos de flores do lado de fora do quarto, pai? Sabe o que é...

— Claro que não, filha! — disse Notaneka. É que, infelizmente, ainda temos um problema urgente para resolver: parar Olin, o Encapuzado.

— Aff, meu ex-pai.

— Lembra-se de que ele quer dominar os mundos? Para isso, tem a força do exército de muquerelas, lalixas, filhotes-de-cruz-credo, mimimis, tijangolerês, vai-com-as-outras e sabe-se lá mais o quê...?!

— Pai, eu ouvi a gritaria dos filhotes-de-cruz-credo dentro de uma caixa quando cheguei ao Portal-dos-Leões. Fiquei apavorada!

— Ainda bem que não os viu...! — disse Notaneka, que bateu algumas palmas de novo. — Músicos e dançarinas, agradeço pela bela apresentação! Por hoje, é só! Podem ir.

— Huhuuuuuu! Fiquei fã! — Sisí aplaudia de pé, dava pulinhos e gritava:

— Mais um, mais um, mais um!

Puxa, acabou logo agora que o sono deu no pé? Fazer o quê?

Etitrefen fechou a porta. Trancou de chave. Olhou atrás das cortinas, debaixo dos móveis e todos os cantos do salão.

— Tá procurando alguma coisa, mãe?

— Precisamos ter certeza de que estamos sozinhos — disse Etitrefen baixinho.

— Filha, todo o cuidado é pouco — Notaneka fez um gesto para que voltassem para as almofadas.

— A rosa é de quem chegar primeiro! — Sisí correu para pegar.

Os pais sorriram.

— Sisí, você sabe a verdadeira importância do anel colocado no seu dedo? — disse Notaneka.

— Sei, sim! Sou a princesa, futura rainha do Egito! Ah, e já tenho 13 anos!

— Lembra-se de que, para ser coroada, é preciso saber a senha dele?

— Hãhã.

— E que as chaves tatuadas em seu braço por Sibí abrem os baús que guardam o Livro de Htoht?

— Hãhã.

— E que só existe uma pessoa capaz de abrir os baús: você?

— Hãhã. Li o bilhete dentro da mala do Esquisito, ops, da sua, pai.

— Chegou a hora de você saber a senha do anel para partirmos em busca dos baús.

— E qual é? — Quis logo saber.

— Aí está o desafio! — disse Etitrefen.

— O que tá pegando, vocês dois?!

— A primeira má notícia é: não podemos dizer — disse Notaneka. A segunda má notícia é: você tem apenas algumas horas antes do sol nascer para descobrir a senha. Caso contrário, as chaves desaparecerão do seu braço e... Adeus livro de Htoht! Qualquer pessoa poderá encontrá-lo. E,qualquer pessoa tem nome: Olin, o Encapuzado.

— Mas mãe, você também teve que descobrir a senha do anel pra ser coroada? Seu braço também foi tatuado de chaves?

— Sim!

— E se eu não quiser ser a futura Rainha do Antigo Egito, para ser apenas... sua filha?

— Olin e seu exército dominarão tudo e todos em todos os tempos. É muito provável que não seremos uma família feliz.

Ferrou.

Já no quarto, abriu o perguntador em pensamento:

Fala sério, de que jeito vou descobrir a tal senha? Será um nome? Uma letra? Um número? Um desenho? Aff, impossível saber, deu um frio no estômago. Olhou as chaves tatuadas no braço.

Droga, tudo eu, tudo eu, tudo eu. Culpa do meu tio traidor.

Encarou o anel.

Ou desisto da coroação ou chuto essa senha, tipo assim: prova de múltipla escolha... e aí... adeus tudo. Caraca, que sono. Não consigo nem pensar. Quem sabe a senha irá aparecer em sonho?

Os olhos pesavam toneladas.

Capítulo XXIX

Acordou ao ouvir uma voz:

— Sisí, minha filha, acorde!

— Ah, não, quero dormir, mãêêê! — Virou-se na cama para o outro lado.

— Sinto muito, minha Princesa, mas chegou a hora de você revelar a senha do anel. Já é quase dia. Vou ajudá-la, venha! — disse Etitrefen.

— Quero dormir só mais um pouquinho, mãe, por favor, por favor! — puxou a coberta para cobrir a cabeça.

— Filha, não podemos mais esperar — disse Notaneka do outro lado da cama.

— Ou, vocês dois, tô caindo de sono! — Sentou-se na cama bastante mal-humorada.

— Rápido, rápido, Sisí, qual a senha? — disse Etitrefen.

Não sonhei com a maldita senha. Tudo perdido. Não adiantou nada achar as pedras do anel.

Ela olhou para um e depois para o outro...

— Como vou **SABER?** — berrou colocando toda a sua força na garganta ao mesmo tempo em que abria e sacudia os braços descontroladamente.

Neste instante, o primeiro raio dourado de sol entrou no quarto. Os pais a abraçaram com força.

Game over. Desesperou-se.

Esfregou os olhos, ainda cheia de sono. Foi quando viu que os pais choravam.

— Deu ruim, né? Desculpa, pai! Desculpa, mãe! Queria muito descobrir a senha... Ontem eu buguei de cansaço.

— Mas você conseguiu, minha Princesa, você conseguiu! — disse Notaneka, enquanto a enchia de beijos.

— Parabéns, meu amor! — exclamou Etitrefen, competindo com o marido em abraços e beijos. — Estamos orgulhosos de você!

— Oi? — disse Sisí.

— Você descobriu a senha do anel! — disseram ao mesmo tempo.

— Que mané senha? Eu não sei qual é...

— Repare a ordem das pedras do anel — pediu a mãe.

— Safira, ametista, brilhante, esmeralda e rubi. Acertei a ordem das pedras para aquelas malucas das Serás-Serás.

— Sisí, pegue apenas as primeiras letras das cinco pedras — disse Notaneka.

— S, A, B, E, R.

— Junte-as — continuou Notaneka.

— Oh, elas formam a palavra saber...! É a senha?

— Simmmmm! — disseram os pais em coro.

— Ca-ra-ca, que tudo! Acertei sem querer?! Huhuuuuuuu! — Pulou da cama. — Er, er, er, a senha é saber! Er, er, er, a senha é saber! Er, er, Er, a senha é saber!

Venha pai, venha mãe, vamos comemorar! Fizeram uma corrente-que-pega-gente e saíram prendendo os colaboradores do palácio:

— Batalhão, lhão, lhão, quem não entra é um bobão! Êr, êr, êr, a senha é saber! Êr, êr, êr, a senha é saber! Êr, êr, êr, a senha é saber! Batalhão, lhão, lhão, quem não entra é um bobão!

No mesmo dia, Sisí foi coroada Rainha do Egito ao som de muita música e dança, após um farto banquete. Durante a festa, Etitrefen realizou a cerimônia de furar a orelha da nova rainha para colocar o segundo brinco de pedra vermelha, símbolo de poder e realeza. Para completar o ritual, o anel de pedras foi trocado para o dedo da mão esquerda, o que significava aceitar o compromisso de ser a nova rainha.

Uau, meu sonho de ganhar o anel da minha mãe, quando fizesse 13 anos, aconteceu de verdade. Estou muito feliz. Só odiei furar a orelha, ow, doeu pra caramba.

A festa durou três dias, muitas vezes sem a presença da nova Rainha, que sonolenta, corria para os aposentos e caía na cama macia, talvez para se recuperar das noites dormidas nos galhos das Verdeanas.

Dias depois...

— Por favor, coloquem os baús nos navios! — Notaneka organizava a saída da expedição — Quanto mais rápido a gente ir, mais rápido encontraremos o livro de Htoht.

— Navios, pai? Ué, aqui só tem camelos...

— Sisí, navios-do-deserto é como os egípcios chamam os camelos — disse Etitrefen sorrindo.

— Vocês falam umas coisas tão bizarras! — disse Sisí.

— Há muitas coisas para você aprender sobre o seu povo, filha!

— Mãe, tô mó feliz por poder salvar Daaz e todos os mundos. E, desta vez, não tô na *bad*, pois vocês estão comigo.

— Tô na *bad*? Você fala umas coisas tão bizarras! — zoou Etitefren.

As duas riram abraçadas.

— Rainhas, prontas para a viagem? — disse Notaneka.

— Bora lá, pai, encontrar os baús?!

— Bora lá, marido, encontrar o livro de Htoht?!

À frente da fila de camelos, uma floresta de Verdeanas. Atrás, o Povo-juba-vermelha. À direita de Sisí, Etitrefen. À esquerda, Notaneka. No céu, o Pássaro-Dourado e Surika. Os bichinhos sem olhos e orelhas deixavam rastros por baixo da areia, acompanhando a caravana.

— Que andem os camelos! — ordenou Notaneka.

— Que Nota proteja vocês! — disse Sibí, com os braços para o alto, lá da torre mais alta do palácio.